AF375752

SOCRATE,

TRAGÉDIE

EN CINQ ACTES.

par M. Linguet.

Prix 30 fols.

A AMSTERDAM,

Chez MARC-MICHEL REY.

M. DCC. LXIV.

A MADAME

MADAME LA COMTESSE
D'HUMBECQUE.

ADAME,

Les dédicaces ne font que trop fouvent des Panégyriques ennuyeux. Elles aviliffent le Protégé fans honorer le Protecteur. Des louanges déplacées dégradent aux yeux d'un *Lecteur* fenfé, & l'Écrivain bas qui les débite, & la Perfonne riche ou puiffante qui les reçoit.

Un génie brillant qui jouit aujourd'hui de fa gloire & de fa fupériorité, fans que l'âge lui faffe rien perdre de l'une ou de l'autre, a ofé le premier mettre dans fes Épîtres Dédicatoires autre chofe que des Éloges. Il les a enrichies de differtations utiles, de vues neuves & piquantes. Il y a placé des leçons avantageufes pour ceux qui cultivent les Arts, au-lieu de les remplir de flateries rampantes qui les deshonorent.

Souffrez, MADAME, que je l'imite autant que le permettra la faibleffe de mes talens. Souf-frez qu'en vous dédiant une Pièce j'ofe ne point parler de vous. Quand on a pour foi le nom de CLERMONT-TONNERRE, quand aux qualités qui font refpecter une femme, on joint les graces qui la font aimer, on eft au-deffus des louanges finceres & défintéreffées, parce qu'on les mérite ; on dédaigne les éloges faux & mendiés, parce qu'on n'en a pas befoin.

En faifant une Tragédie de Socrate je n'ai voulu ni me comparer à perfonne, ni humi-lier perfonne. Je ne connais point ceux qui en ont fait fous ce titre avant moi. Mon unique deffein a été de ne pas les copier, de donner un Socrate intéreffant, & point déclamateur, de faire une Pièce fans incidens, fans tirades, où il n'y eût ni fonges, ni récits, où l'on trou-vât des caractères très-différens, fans contrafte affecté ; une Pièce où le principal Perfonnage fût vraiment le feul objet de l'action, où ce Per-

fonnage occupât toujours la fcene , en y pa-
raiffant fort tard , & pût arracher des larmes ,
fans fureur , fans paffion , en confervant toujours le fang froid le plus ftoïque. Enfin , j'ai
voulu faire une Pièce où il n'y eût que des fentimens naturels , où l'on ne remarquât ni em-
phafe déplacée , ni héroïfme ridicule : Que
j'aie rempli ou non cette idée , il eft fûr que je
l'ai eue , & qu'il en a réfulté une Tragédie en
cinq Actes.

Si elle a quelque mérite réel , j'ofe croire
que c'eft celui de la fimplicité. Je m'ap-
plaudis avec complaifance de lui avoir donné
au moins celui-là , parce qu'il a été rare prefque de tous les temps, & qu'il le devient encore
plus de jour en jour.

J'admire quelquefois, MADAME, la fingula-
rité des mélanges avec lefquels on permet aux
Poëtes de remplir ce qu'ils appellent des Pièces
de Théâtre. Je vois que chez tous les Peuples les
Spectacles font deftinés au divertiffement. Les
hommes s'y raffemblent pour chercher, difent-
ils, le plaifir. Je ne conçois pas qu'ils veuillent
bien s'y laiffer impofer les fonctions les plus la-
borieufes ; que fous prétexte de les amufer , on
ofe exiger d'eux plus de contention d'efprit que

n'en demandent souvent les affaires les plus embrouillées.

C'est un travail pénible sans doute , que d'avoir à démêler les intérêts de quatre ou cinq Personnages qui se croisent tous à la fois, & presque toujours sans nécessité. C'en est un que d'être obligé de passer sans intervalle de la joie à la douleur ; de s'appliquer sans fruit à démêler une énigme obscure , dont le dénouement seul peut donner la clef. Il n'est pas agréable de se sentir refroidir par les propos gigantesques ou politiques d'un Acteur , à l'instant où l'on commençait à être échauffé par les expressions tendres de l'autre. Il l'est encore moins d'écouter pendant deux heures des Vers souvent aussi sonores qu'inintelligibles, & que les Comédiens heurlent le plus haut qu'ils peuvent, parce qu'il leur est impossible de trouver aucun sens raisonnable à y prêter. Voilà pourtant ce qu'on est souvent obligé d'essuyer à nos Spectacles , ce qu'on éprouve à plus d'une Tragédie , même parmi celles qui jouissent de quelque réputation.

On a fait avec raison de l'unité d'intérêt, ou d'action , une des premieres règles du Théâtre. C'est peut-être même la seule qu'on y doive suivre scrupuleusement. Mais cette loi sage est au nombre de celles pour qui les hommes n'ont qu'une admiration ftérile, qu'ils vantent avec entoufiafme, & qu'ils n'exécutent jamais.

Voyez, MADAME, parcourez les Théâtres de toutes les nations, excepté celui des Grecs, vous trouverez par-tout de longs Romans dialogués, où le fujet principal eft dépendant d'une foule de fujets fubordonnés : il eft étouffé fous une multitude d'épifodes étrangers. De pareilles Pièces reffemblent à ces habits de mauvais goût, où une opulence mal adroite a plaqué tant de broderie, qu'on diftingue à peine le fonds qui la porte. Les yeux en font d'abord éblouis, mais ils fe détournent bientôt pour chercher ailleurs une fimplicité plus noble, une magnificence moins accablante.

Nous avons chez les Romains, Térence, Plaute & Seneque. L'un n'a pour toutes fes Comédies qu'une feule intrigue toujours embrouillée, & toujours précifément la même. Il y a coufu des déclamations très-élégantes, dit-on, mais encore plus froides. Ce font toujours deux Vieillards ridicules, deux Valets plus fripons que plaifans, deux jeunes Gens plus libertins qu'amoureux, deux Filles efclaves enlevées dès le berceau par des Pirates, & recon-

nues à la fin pour Citoyennes sans aucune vrai-
semblance.

Plaute, avec plus de vivacité & d'indé-
cence, mais avec une conduite encore moins rai-
sonnée, surcharge tout autant ses plans. Ils n'ont
que le mérite d'être un peu plus variés , quoique ses caracteres ne le soient pas davantage.
Il a des scenes agréables, des situations plai-
santes; mais elles sont rares. Si des vingt Pièces
qui nous restent de lui , on retranchait les jeux
de mots insipides , les équivoques dégoutantes,
les rôles répétés ou inutiles , on ne retrouverait
qu'un bien petit volume.

Seneque , dans ses Tragédies , a les mêmes
défauts pour le fonds. Il y a joint une enflure
extravagante pour le stile. Rien ne nous auto-
rise à croire que les Tragiques Romains qui
l'avoient précédé , & que le temps a détruit ,
eussent un autre goût.

Quand les Muses , après un sommeil de
quinze siècles , se réveillerent en Italie à la voix
de Léon X, elles conserverent dans Rome mo-
derne la même marche qu'elles avaient eue
dans l'ancienne. Guichardin écrivit l'Histoire
comme Tite-Live : le Tasse mit dans sa Jéru-
salem la noblesse , la pureté & l'harmonie de

(ix)

l'Énéide. Les Poëtes Dramatiques , de leur côté, furent auſſi compliqués, comme Térence, & ſouvent groſſiers comme Plaute.

Quelques étincelles de ce feu ranimé à grands frais ſur les bords du Tibre , volerent juſques dans l'Eſpagne, riche alors & triomphante ſous Philippe II, & dans l'Angleterre, moins riche, mais plus heureuſe ſous Éliſabeth. Lopès de Véga & Shakeſpeare développerent chacun dans leur Pays les richeſſes du génie le plus ſublime , avec les abſurdités de la plus épaiſſe ignorance. On s'accoutuma à ne placer ſur les Théâtres créés par eux, que des tiſſus monſtrueux d'évènemens diſparates , d'aventures barbares accumulées les unes ſur les autres, ſans choix & ſans liaiſon.

Telle eſt, MADAME, la force de l'exemple confirmé par un long uſage , que la ſcene eſt encore à peu près au même état chez ces deux nations , quoique les mœurs & le gouvernement s'y reſſemblent ſi peu , quoique l'Inquiſition ait fait pouſſer dans l'une le reſpeƈt pour le culte juſqu'à l'eſclavage , quoique dans l'autre la liberté aille juſqu'à la licence.

Au bruit de ces ſuccès nos ancêtres commencerent à ſe réveiller. Nous n'avions eu juſques

là que les Myfteres & les Confréries de la Paffion, avec la magnificence auffi dangereufe que
gothique des Tournois. Mais enfin les Prud-
hommes Français fe lafferent de ne fçavoir que
marcher avec de longs éperons dorés. Les
Marquis voulurent apprendre à lire. On en
vint à fe douter qu'il pouvait y avoir des objets plus faits pour le Théâtre, que le Diable,
& le Pere Éternel; (a) qu'on pouvait rire d'autre
chofe que du Paradis & de l'Enfer. On fon-
gea alors à fe procurer des Spectacles, à l'imi-
tation de nos voifins. Il fe trouva des Auteurs
qui chercherent des fujets de Comédie ailleurs
que dans l'Évangile.

Plufieurs d'entre eux fçavaient le Grec. Des
Traductions Latines pouvaient un peu faire connaître aux autres les Tragiques d'Athènes. Ce

---

(a) C'eft une chofe bien fingulière que chez tous les
Peuples connus à l'établiffement des Théâtres, on y
ait pu produire fans fcandale les objets du culte reçu.
Ariftophane faifait des Dieux de fon temps, les Bouf-
fons de fes Pièces. Plaute ne les traitait pas avec beau-
coup plus d'égards. Chez nous, à la vérité, c'était fur-
tout le Diable qui brillait dans la Farce aux treizième
& quatorzième fiècles. Mais il était bien difficile que
le ridicule dont on le chargeait ne retombât pas un peu
fur Dieu, & fur les Saints qu'on lui affociait.

ne fut cependant ni Sophocle , **ni Euripide** qu'ils se proposerent d'imiter. Ils prefererent à ces modeles anciens les Auteurs modernes dont Londres & Madrid s'enorgueilliffaient. On vit bientôt régner fur notre fcene , comme fur les deux autres , les folies les plus barbares.

L'extravagance Efpagnole l'emporta pourtant bientôt fur l'extravagance Anglaife. La premiere étoit plus douce : elle avoit plus de rapport à nos mœurs. La Caftille étoit depuis près d'un fiècle le Pays des Héros. Ils découvraient le nouveau Monde ; ils dominaient dans l'ancien. Ils nous battaient en Italie, en Flandres, fur les Côtes de Portugal. Nos frequentes relations avec eux nous forcerent d'en recevoir ce qu'ils avaient de plus facile à communiquer. Le fruit de tant de fang répandu , de tant de richeffes prodiguées contre eux par quatre de nos Rois , fut de tranfporter en France une maladie qui ne fe guérit point avec le quinquina, & leur langue qui nous avait été jufques-là inconnue.

Celle-ci était déja polie. La nôtre, il faut l'avouer, MADAME, était encore bien barbare. Ceux de nos premiers Écrivains qui voulurent employer cet inftrument groffier, furent féduits par les fuccès de Lopès de Véga, & de fes imitateurs, qu'applaudiffait une nation fi longtemps victo- rieufe. Nous laifsâmes donc à Shakefpeare fes potences & fes batailles. Nous prîmes des Ef- pagnols je ne fçais quel jargon de galanterie outrée , les pointes ridicules , les métaphores ampoullées. Toutes les femmes furent des aftres brillans , tous les beaux yeux devinrent des étoiles : un amant comparait fa maîtreffe à l'aube du matin. La trouvait-il trop froide , il effayait de ranimer fa flamme par le vent de fes foupirs. La voyait-il irritée , il tachait d'étein- dre la foudre de fa colere par des rivieres de larmes. Depuis Garnier jufqu'à Rotrou toutes nos Pièces font écrites de ce ftile. Le grand Corneille lui-même n'en eft pas exempt.

Malheureufement à tous ces défauts , dont Racine & Boileau nous ont corrigé , nous en joignîmes un qui nous eft refté. Nous adoptâmes, d'après ces mêmes Comiques Efpagnols , le gout des intrigues compliquées, des doubles in- térêts, des épifodes qui fuppléent à la féchereffe d'un Auteur , & lui donnent moyen de remplir ces cinq Actes , que nous nous fommes fait une loi impitoyable d'exiger dans les Tragédies.

Je ne fonge point, MADAME, à faire ici une

diſſertation en règle. Si j'avais ce deſſein , j'aurais peut-être bien des choſes nouvelles à dire. Je développerais des idées encore plus vraies que ſingulieres. Nous croyons que notre Théâtre eſt le véritable héritier de celui d'Athènes ; nous nous flatons d'avoir recueilli la Muſe de Sophocle, & le conſentement apparent de l'Europe contribue encore à affermir cette opinion.

Il me ſeroit pourtant facile de prouver combien elle eſt fauſſe. Je démontrerais ſans peine que notre Melpomène eſt une bâtarde heureuſe, iſſue du génie effréné des Eſpagnols , & de la ſage irconſpection des Grecs. Elle a ſçu réunir , il ſt vrai , quelques-unes des qualités brillantes le ceux à qui elle doit le jour : elle les a effacés tous deux ; mais à quelque degré de gloire qu'elle ſoit parvenue , je ne crains pas d'avancer qu'elle aurait été plus loin , ſi , renonçant entiérement aux écarts fatiguans de l'un , elle s'était encore plus rapprochée de la marche modeſte & naturelle de l'autre.

Corneille le Légiſlateur de notre Théâtre , Racine devenu plus que ſon rival , ſe conformerent trop en donnnant leurs Pièces immortelles , à une partie des uſages qu'ils trouverent établis. Ils introduiſirent ſur la Scene

Françaiſe la décence & la dignité. L'un y parla de politique avec nobleſſe ; l'autre y exprima , preſque toujours ſans fadeur , les plus tendres ſentimens de l'amour. Mais par une fatale complaiſance , ils acheverent d'en bannir à jamais cette majeſtueuſe ſimplicité que les Grecs avaient ſi fort chérie. Ils continuerent à donner des Romans compliqués , des intri‑gues pénibles , comme leurs prédéceſſeurs.

Jé ne veux pas diminuer le mérite de ces deux grands Hommes. Ils font avec raiſon les délices & la gloire de la nation qui les a produits. Je les admire , je leur rends plus de juſtice peut‑être que ceux qui, n'ayant pour eux qu'un reſpeƈt aveugle , ſont aſſurément incapables de ſentir les beautés de leurs Ouvrages , s'ils n'y voient aucun défaut. Je ne ſuis pas étonné que Phèdre & Cinna aient arraché les applaudiſſemens dé leur ſiècle , & ſoient regardés comme des modèles par les Écrivains du nôtre.

J'oſe dire ſeulement que ſi ces Tragédies ſont des chefs‑d'œuvres , ce ne ſont pas des Pièces ſimples. J'oſe aſſurer que quoique leurs Auteurs ſe ſoient propoſés de ſuivre les règles d'Ari‑ſtote, ou celles que la nature bien obſervée avait fait découvrir aux Grecs , ils les ont ſouvent violées. L'antiquité n'a certainement point de caractere plus beau , ni mieux foutenu que celui de la Phèdre Françaife. Mais certainement auffi Euripide ne fe ferait pas permis d'en diminuer l'effet par le rôle d'Aricie, qui devient ennuieux, s'il n'intéreffe pas , & qui fait tort à celui de Phèdre, s'il intéreffe. Si Atalide m'attendrit, comment puis-je me prêter au défefpoir de Roxane ? Si Hermione s'eft emparée de mon cœur, quelle place y refte-t-il pour les foupirs d'Andromaque ?

Que fervent de même Maxime & Livie dans Cinna ? Cléopatre n'éclipfe-telle pas abfolument Rodogune ? Que devient dans Pompée une autre Cléopatre auprès de Cornelie ? Toutes les Pièces de Corneille ne font-elles pas, comme celles de Racine , compofées de groupes différens , qui divifent & partagent néceffairement l'attention , & qui parconféquent l'affaibliffent ? Il faut dans les Tragédies des mouvemens & des intérêts violens , je le fçais. C'eft dans les combats du cœur que confifte l'art ; mais pour émouvoir le fpectateur il ne faut pas le mettre dans l'incertitude du côté où il doit jetter les yeux. C'eft pourtant là , MADAME, l'embarras où vous avez dû quelquefois vous trouver aux Pièces dont je parle.

La grandeur des idées, la vérité des caractères, la beauté de l'expreffion, y dédommagent en partie de la peine que cette variété doit caufer. D'ailleurs l'art avec lequel leurs Auteurs fe démêlaient de ces labirinthes embarraffés, fit illufion à leur fiècle & à la poftérité. Parce qu'ils ne bronchaient prefque jamais dans leur route, on fe perfuada qu'ils avaient choifi la bonne. Leurs fucceffeurs fe crurent obligés d'y marcher comme eux. Mais n'ayant ni leur adreffe, ni leurs reffources, ils n'y trouvèrent guères que des écueils.

Leurs chutes réitérées, ni les efforts heureux de M. de Volt. (a) pour nous indiquer une voie plus facile & plus fûre, ne nous ont pourtant pas encore déiabufés. Loin de retourner en arriere, loin de chercher à quitter l'allure licencieufe qu'a fait prendre à nos peres l'envie d'imiter les Efpagnols, nos jeunes Écrivains paraiffent tendre aujourd'hui à ce qu'ils appellent la hardieffe Anglaife. Ils font bien fans doute, fi le Parterre les y encourage. Quand on veut être loué

____

(a) Dans Mérope, dans Zaïre, dans la Mort de Céfar, &c.

de fon vivant , il y aurait de la folie à aller contre le gout de fa nation.

Si cependant la nôtre venait à fe décider pour ces coups de Théâtre , pour ces incidens multi-pliés fans vrai-femblance , pour cette pompe déplacée, dont la magnificence ne fert qu'à rendre plus fenfible la mefquinerie de nos falles de Spectacle , elle pourrait faire à fes Écrivains une réputation éphémere : elle pourrait leur af-furer des éloges paffagers. Mais ce gout n'en ferait pas moins un gout corrompu : il n'en annoncerait pas moins la chute de l'art , & le voifinage de la barbarie.

Vous êtes furprife , MADAME , que je n'aie hazardé aucune démarche pour parvenir à faire jouer ma Pièce. Je fçais que la repréfenta-tion eft vraiment ce qui donne la vie aux Ou-vrages de cette nature. Un feul jour au Théâtre procure plus de célébrité que trente ans d'im-preffion. C'eft de l'art des Acteurs qu'on peut efpérer cet éclat qui en impofe au Public , & qui femble donner des droits à l'immortalité.

Il eft bien vrai que fi de cette façon les fuccès deviennent plus rapides & plus brillans , les revers font auffi plus prompts & plus dange-reux. Mais enfin ce Public n'accorde les uns que

fous la condition que l'on bravera les autres. Les
Pièces qui n'ont pas fubi cette épreuve , il les
regarde comme des combattans timides qui n'ont
pas ofé fe produire fur l'Arène , & cette idée le
difpofe mal en leur faveur : j'en conviens : je
n'ai pourtant pas cru devoir rien faire pour
me mettre à l'abri de ce préjugé facheux. Pour
engager les Comédiens à rifquer une Pièce,
il ne fuffit pas que l'Auteur la croie bonne ;
car on les joueroit toutes. Il faut encore qu'il
foit à Paris , & je n'y fuis point. Il faut au
moins qu'il ait une réputation , & je n'en ai
point. Il faut donc renoncer à voir ma Pièce
dans l'alternative d'un fuccès flâteur , ou d'une
chute humiliante , & je m'en confole.

Mon manufcrit eft tombé entre les mains d'une
perfonne qui doit bien connaître le Théâtre ,
dont le nom feul rappelle de grands talens &
de grands fuccès. Elle a reproché à mon Ouvrage plufieurs défauts , dont trois furtout font ef-
fentiels à fon avis. Permettez-moi, MADAME,
d'examiner en peu de mots fi j'ai dû penfer
comme elle. Le premier défaut, c'eft le peu
d'incidens dont la Pièce eft chargée. J'ai ré-
pondu d'avance à cette critique.

Le fecond , c'eft le temps qui s'écoule

avant que Socrate paraisse. On ne le voit qu'au quatrième Acte, & cette personne prétend que c'est une faute sans exemple contre les règles du Théâtre. Elle aurait pu pourtant se rappeller que le Tartuffe paraît de même fort tard. On n'en a point fait un reproche à Moliere : on lui en a sçu gré comme d'une adresse louable. En effet, le caractere du Tartuffe est si odieux, qu'on aurait eu peine à le supporter pendant cinq Actes entiers. J'ai différé l'arrivée de Socrate par un motif différent. Le caractere que j'ai taché de lui donner était trop beau, pour qu'il fût possible de le soutenir longtemps dans toute sa noblesse.

Il n'a d'autre passion que la vertu. Par cette raison je ne l'ai montré que dans les deux instans où cette vertu pouvait être intéressante, sans aucun secours étranger. Il ne parle que pour rejetter des offres dont sa vie dépend. Il sçait qu'il va mourir, & il meurt en effet plutôt que de trahir un seul instant la vérité qu'il a enseignée toute sa vie.

Qu'on examine si la Pièce languit dans son absence, si l'on n'est pas toujours perpétuellement & uniquement occupé de lui dans les trois premiers Actes. Qu'importe qu'on le voie, pourvu qu'il n'y ait pas une démarche qui n'aille à le perdre ou à le fauver ? Eft - il néceffaire qu'on l'entende lui-même , dès qu'il n'y a pas un feul vers dont il ne foit l'objet ?

Le troifième défaut qu'on m'a reproché , c'eft d'avoir rendu le dénouement trop facile à deviner. J'avoue que je ne fuis pas perfuadé que la beauté d'un dénouement confifte, comme quelques Écrivains le penfent , à être une ef- pèce d'énigme , dont un hazard imprévu vient tout d'un coup donner le mot. C'eft une des règles dont on parle le plus. Ce ne ferait peut- être pas celle dont on ferait le moins en droit de fe difpenfer. Il ferait beau , mais encore plus difficile de faire une Pièce qui intéreffât depuis le commencement jufqu'à la fin , quoi- que la fin en fût prévue dès le commencement. Il faudrait pour cela des talens fupérieurs ; c'en était affez pour m'ôter toute envie de fonger à en donner un modéle.

Jufqu'aux derniers vers du quatrième Acte , le fort de Socrate eft douteux , & le dénoue- ment incertain. Si la fureur d'Anitus & la baf- feffe du Sénat laiffent craindre que le Grand- Prêtre n'ait l'avantage , l'amour de fon fils, & ce qu'il fe promet , foit de fon éloquence , foit de celle de fes amis , donne lieu d'efpérer qu'il pourra défendre le pere d'Aglaé. Il s'agit de fçavoir fi l'intérêt diminue quand tout eft décidé ; fi le cinquième Acte eft faible , parce que dès la premiere Scene on voit qu'il faut abfolument que Socrate y périffe. Je m'en rapporte à cet égard aux Lecteurs fenfibles , & je ne leur demande point de grace.

On dit communément , & l'on me l'a dit à moi-même , que le fujet de Socrate n'eft pas théâtral. Cela peut être ; mais j'ai la faibleffe de croire que s'il peut jamais le devenir , ce n'eft que de la maniere dont je l'ai traité. Si je lui ai donné une fille , c'eft que fon rôle devient plus naturel & plus agréable que celui d'une femme telle que Xantippe. Celle-ci, après ce qu'en rapporte l'hiftoire , ne peut être qu'un perfonnage déplacé auprès de fon mari mourant. Si j'ai rendu cette fille fenfible à l'amour du fils de fon ennemi, c'eft que cet amour n'eft point fade ; c'eft qu'il fait le vrai nœud de la Pièce ; c'eft qu'il en augmente l'intérêt. On pourra me blâmer d'en avoir mal tiré parti, mais non pas , je crois , de l'avoir imaginé.

Je me fuis bien gardé de repréfenter Socrate devant fes Juges, & de leur faire prononcer fon Arrêt en public, malgré les preuves évidentes de fon innocence. Cette fituation fe retrouve dans les Pièces qui ont précédé la mienne. Dans l'une elle donne lieu à des plai-fanteries, dans l'autre à des déclamations. Pour moi, je l'avoue, elle m'a toujours paru trop révoltante pour que je puffe fonger à l'employer. Cet horrible triomphe du crime fur la vertu, autorifé par les organes des Loix, eft une de ces chofes qu'il faut éloigner le plus qu'on peut des yeux & de l'imagination des Spectateurs. S'il eft conforme à la vérité hiftorique, il bleffe les mœurs : il ferait prefque rougir d'être homme.

Une trifte expérience nous apprend que les Juges arbitres fouverains de la fortune, de la vie & de l'honneur de leurs femblables, fe font permis quelquefois de faire des affronts cruels à cette Juftice dont ils doivent être les défen-feurs. Mais il ne faut pas multiplier les exemples d'une faibleffe, ou d'une malignité fi effrayante. Pour infpirer de l'horreur contre les Juges pré-varicateurs, c'eft bien affez de montrer l'Inno-cent mis à mort par leur ordre. Il n'eft pas né-ceffaire de leur faire prononcer fur le Théâtre l'Arrêt qui le condamne.

(xxiij)

Voilà, M A D A M E, le peu que j'avais à
dire fur cette Tragédie pour juftifier l'impru-
dence que j'ai de lui laiffer voir le jour. C'eft
mon premier Ouvrage en ce genre ; ce fera pro-
bablement le dernier. Daignez-en accepter
l'hommage : regardez - le comme une preuve
de l'eftime & du refpect quevous infpirez à tous
ceux qui ont le bonheur de vous connaître.

NOMS DES ACTEURS.

SOCRATE.

AGLAÉ, Fille de Socrate.

ANITUS, Grand-Prêtre.

CRITON, Fils d'Anitus.

MELITUS, Prêtre & Sénateur.

CRÉMÉS, Préſident de l'Aréopage.

PLUSIEURS SÉNATEURS.

DEUX AMIS DE SOCRATE.

PLUSIEURS HOMMES DU PEUPLE.

La Scene eſt au-deſſus de la Priſon, dans une Salle publique, où l'on ſuppoſe que les aſſemblées de l'Aréopage ſe tiennent.

SOCRATE,

SOCRATE,
TRAGÉDIE.

ACTE PREMIER.

SCENE PREMIERE.

ANITUS, MELITUS.

ANITUS.

MI, c'eſt aujourd'hui qu'il faut mon-
trer ton zèle,
A nos engagemens, ſi ton cœur eſt
fidèle ;
Si, contre l'ennemi qui nous a bravés tous,
Tu conſerves toujours un généreux courroux,
Nous le verrons bientôt hors d'état de nous
nuire.
Au pied de ces Autels qu'il a voulu détruire,

A.

NOMS DES ACTEURS.

SOCRATE.

AGLAÉ, Fille de Socrate.

ANITUS, Grand-Prêtre.

CRITON, Fils d'Anitus.

MELITUS, Prêtre & Sénateur.

CRÉMÉS, Préſident de l'Aréopage.

PLUSIEURS SÉNATEURS.

DEUX AMIS DE SOCRATE.

PLUSIEURS HOMMES DU PEUPLE.

La Scene eſt au-deſſus de la Priſon, dans une Salle publique, où l'on ſuppoſe que les aſſemblées de l'Aréopage ſe tiennent.

SOCRATE,

SOCRATE,
TRAGÉDIE.

ACTE PREMIER.

SCENE PREMIERE.

ANITUS, MELITUS.

ANITUS.

M I, c'eſt aujourd'hui qu'il faut mon-
trer ton zèle,
A nos engagemens, ſi ton cœur eſt
fidèle ;
Si, contre l'ennemi qui nous a bravés tous,
Tu conſerves toujours un généreux courroux,
Nous le verrons bientôt hors d'état de nous
nuire.
Au pied de ces Autels qu'il a voulu détruire,

A

Il va noyer enfin dans son sang odieux
De sa témérité l'exemple dangereux.

M E L I T U S.

Oui, je te l'ai juré, je tiendrai ma promesse.
A te servir déja tu vois que tout s'empresse:
Socrate, dans les fers, ne peut nous échapper,
Le Sénat va donner l'ordre de le frapper.
Ma voix secondera le zèle qui t'anime,
Je veux dès aujourd'hui te livrer ta victime.

A N I T U S.

Que cet espoir est doux à mon cœur irrité !
Je verrai donc fléchir ou punir ta fierté,
Philosophe orgueilleux, dont la raison hautaine
Affecta si longtemps de provoquer ma haine.
Dis-moi, dans la prison as-tu vu son maintien?
Que dit-il ? que fait-il, & quel air est le sien ?
A-t-il enfin perdu de son orgueil farouche ?
Laisse-t-il échapper des plaintes de sa bouche?
Sçait-il bien que c'est moi qui cause son mal—
      heur,
Et qui jouis ici de toute sa douleur ?

M E L I T U S.

Il montre, je l'avoue, une fermeté rare :
Il paroît insensible au coup qu'on lui prépare:
Son ame se soutient dans un calme profond,
Et rien encor n'a pu faire pâlir son front :

Il conferve toujours un refte d'efpérance.

Mais lorfque du Sénat la fatale Sentence

De fes faibles amis confondra les deffeins,

Et viendra fans retour le livrer dans nos mains;

Quand il verra la mort à fes yeux préfentée,

Précipiter vers lui fon ombre redoutée,

Il tremblera fans doute , & l'afpect du cercueil

Abaiffera fans fruit fon indomptable orgueil.

A N I T U S.

Ah ! fi du cœur humain écoutant la faibleffe ;

Il pouvait en mourant montrer quelque baf-
  feffe ;

Si, par tous les affronts dont je vais l'entourer,

Je pouvais & le perdre, & le deshonorer,

Ce moment fi funefte à fa gloire flétrie ,

Deviendrait, cher ami, le plus beau de ma vie.

Je ne m'en défens point , je hais avec fureur;

Le démon de la haine a paffé dans mon cœur,

Et du tranfport jaloux qui pénètre mon ame,

De trop juftes raifons entretiennent la flâme.

On a vu de tout temps s'élever dans nos murs

Des fophiftes fans nom, des raifonneurs ob-
  fcurs ,

Qui faifoient à grand bruit retentir leurs écoles

De vaines queftions & d'argumens frivoles,

Leur babil ridicule , aveuglant les mortels ,
Attaquait la raifon , & non pas les autels.
On les méprifait trop pour craindre leur au-
    dace :
Mais, fans les imiter , Socrate prit leur place.
Au-lieu de s'amufer à des fubtilités
Dont ces faibles efprits paraiffaient trop flatés,
Il ofa propofer à fon cœur intrépide ,
La vérité pour but , & la raifon pour guide.
Il ne recommandait aux hommes corrompus
Que l'amour des devoirs & celui des vertus.
Il faifait plus encor : par de fages exemples
Attaquant les abus qui foutiennent nos Tem-
    ples ,
Et coupant les canaux qui portent aux autels
Les vœux & les préfens des crédules mortels,
Arrêtez, difait-il, eft-ce une vaine offrande,
Eft-ce un ftérile vœu que le Ciel vous demande?
Le Pontife accablé de vos nombreux préfens,
Les charge fur l'autel fans vous rendre inno-
    cens ;
Et ce Dieu qui du monde eft le fouverain maître,
N'a point donné fes loix pour enrichir un
    Prêtre.
Croyez-moi, pour lui plaire, abjurez vos er-
    reurs ,

Et que le repentir habite dans vos cœurs ;
C'eſt le repentir ſeul qui répare les crimes.
MELITUS.
En laiſſant affermir ces funeſtes maximes ,
On aurait vu bientôt dans ſon Temple déſert
Gémir auprès du Dieu, le Prêtre qui le ſert ,
Et les hommes parés du vain titre de Sages ,
A la ſeule vertu prodiguer leurs hommages.
ANITUS.
Tu peux juger comment je reçus des diſcours
Qui , de tous mes honneurs interrompant le
　　cours ,
Allaient en guériſſant la faibleſſe commune ,
Sous les débris du Temple enterrer ma fortune.
Je traverſai l'auteur d'un complot dangereux,
Qui ruinoit le Prêtre en renverſant les Dieux.
Ce n'était pas le temps encor de le détruire.
D'un Poëte connu par l'ardeur de médire ,
D'Ariſtophane alors j'empruntai le talent ;
A ce vil écrivain je prodiguai l'argent :
Il me vendit ſa plume, il ſervit ma vengeance.
N'oſant pas de Socrate attaquer l'innocence ,
Et ne pouvant encor le rendre criminel ,
Pour perdre ſûrement cet odieux mortel ,
Il ſçut par mes avis le rendre ridicule.
Il le peignit aux yeux de ce Peuple crédule ,

6 *SOCRATE,*

Comme un trompeur adroit , un fourbe dan-
   gereux
Habile à fe mafquer fous des dehors heureux,
Et par des traits plaifans fa vertu déguifée ,
D'Athène en plein Théâtre attira la rifée.

MELITUS.

C'était avec adreffe attaquer ton rival :
Oui , c'étoit lui ravir ce préjugé fatal
Qui défend la vertu quand aux yeux du vulgaire
Elle garde fa forme & fon vrai caractère ;
Et que fe préfentant fous un air férieux ,
En commandant aux cœurs elle en impofe
   aux yeux.
Mais pourquoi n'as-tu pas dans cette circon-
   ftance
Profité du moment pour fuivre ta vengeance?

ANITUS.

Ah ! dans Athène alors la guerre s'alluma ;
De Sparte contre nous la fureur s'enflâma ,
Et de fes propres mains la Grèce déchirée ,
A des troubles affreux fe vit longtemps livrée.
Il fallut bien me taire : il fallut à regret
Diffimuler ma haine & cacher mon projet.
Mais des mêmes deffeins toujours mon ame
   éprife ,
Ne perdit point de vue une utile entreprife.

De Socrate avec foin éclairant tous les pas ,
L'entourant d'efpions qu'il ne redoutoit pas ,
Détachant en tous lieux de fecrets émiffaires,
Dont mon or m'affurait les fecours mercénaires,
J'ai préparé de loin des armes contre lui :
Et quand à mes projets t'attachant aujourd'hui,
Tu m'as offert ton bras pour venger mon ou-
    trage ,
Quand le temps l'a permis j'en ai fçu faire ufage.
Enfin il eft venu : vas tonner au Sénat :
Fais valoir l'intérêt des Dieux & de l'État.
Que ta voix faffe craindre aux Sénateurs d'A-
    thène
La colère des Dieux, & plus encor la mienne.
Ils font accoùtumés à trembler devant moi.
Leur lâche avidité me répond de leur foi.
Tout m'affure en ce jour un fuccès favorable :
La crainte a difperfé les amis du coupable ;
Je les redoute peu.

MELITUS.

                Moi, de tous fes amis ,
S'il faut te l'avouer , je ne crains que ton fils.
Criton impétueux, vif, dans l'âge de plaire,
Eft un objet de joie & d'effroi pour fon père :
Il eft tendre , fenfible, autant que généreux,
Donnant toujours des pleurs aux pleurs des mal-
    heureux ;
                      A iv

Mais son cœur aveuglé, sourd à la politique,
Nourrit pour les vertus un amour fanatique.
Tu n'as point empêché que dans ce jeune cœur
Le Philosophe altier qui te fait tant d'horreur,
Ne fît naître, malgré le feu de la jeuneffe,
Ce fol orgueil qu'il nomme amour de la fageffe:
Le danger de son maître a dû le pénétrer;
Il va se hazarder à tout pour l'en tirer.
Comment as-tu souffert qu'on le vît à toute
    heure
De ton fier ennemi fréquenter la demeure?
Et que de ses difcours le dangereux poifon
De ton fils dès l'enfance altérât la raifon?

ANITUS.

Contre Socrate alors ma haine infatigable
Formait dans le filence un témoin redoutable,
Et j'efpérais qu'un jour de ce vil Précepteur,
Mon fils, avec plaifir, ferait le délateur.
Le fuccès m'a trompé; mais je me flate encore
De l'enlever bientôt au maître qu'il honore.
De fa place toujours on prend les fentimens,
Criton d'un noble orgueil fuivra les mouve-
    mens.
Quand il verra par moi fa fortune affermie,
Exiger l'abandon d'une inutile vie;

Du sang de mon rival quand il verra le fruit,
Il preffera le coup que ma haine pourfuit.
MELITUS.
Je fouhaite qu'il veuille accomplir ton attente;
Mais de Socrate au moins crains la fille char-
    .mante,
Qui, par mille vertus, relevant fa beauté,
Réuniffant, dit-on, avec habileté
Les graces de fon fexe & les talens du nôtre,
Sçait faire admirer l'un, & commander à
    l'autre.
Sa mère qu'au berceau le deftin lui ravit,
Aux leçons de fon père a livré fon efprit.
Ce font là contre toi de bien puiffantes armes;
Criton impunément n'aura point vu fes larmes:
Et tandis que ta main aime à les arracher,
Peut-être que ton fils s'occupe à les fécher.
Crains d'avoir à combattre en ce cœur témé-
    raire
Les charmes de la fille & les leçons du père.
ANITUS.
Si du fang dont il fort perdant le fouvenir,
Criton jufqu'à ce point pouvoit fe démentir;
Si mon fils, occupé d'une flâme funefte,
Avoit ofé former des nœuds que je détefte,
Vas, Melitus, crois-moi, je fçaurais en ce jour

Aux projets de ma haine employer son amour ;
Je sçaurais... Mais je vois Aglaé qui s'avance.
Elle vient pour son père implorer ma clémence,
Et m'adresser des vœux que je n'entendrai pas.
De mon fils, avec soin, j'observerai les pas.
Toi, sors, il ne faut pas que l'on nous voie
    ensemble.
Vas attendre ici près que le Sénat s'assemble.

SCENE II.

AGLAÉ, ANITUS.

AGLAÉ.

REdoutable Anitus, pardonnez : à vos
    yeux
Je n'offre qu'à regret un spectacle odieux.
C'est de votre ennemi la fille infortunée
Qui vient à vos genoux, tremblante, conster-
    née,
Fléchir votre vengeance & tacher par ses pleurs
D'obtenir que l'on donne un terme à ses mal-
    heurs.

ANITUS.

Je ne me venge point ; & si pour votre père
Il ne falloit calmer que ma faible colère,

Je mettrais bientôt fin à vos calamités.

Mais il s'agit des Dieux, & ces Dieux irrités

Qui, pour les cœurs soumis, font briller leur
    clémence,

Poursuivent sans pitié quiconque les offense.

Socrate est accusé, mais non pas convaincu.

De funestes soupçons ont terni sa vertu.

Le Sénat allarmé, sans fondement peut-être,

Pour juger sa doctrine a voulu la connaître ;

Et malgré tous les cris élevés contre lui,

Votre père innocent ne sera pas puni.

AGLAÉ.

De ses bras cependant on écarte sa fille.

On craint que dans les soins de sa triste famille

Il ne puisse trouver quelques legers secours

Contre tous les dangers qui menacent ses jours.

ANITUS.

Vous vous plaignez en vain d'une coûtume
    sage.

Tel est en tout Pays l'invariable usage :

La Justice à loisir médite ses Arrêts,

Et veut qu'en attendant ses souverains decrets,

On arrache un coupable à la nature entière....

AGLAÉ.

Coupable! Ciel ! quel nom pour mon vertueux
    père !

Coupable ! il ne l'eſt point. Au fond de votre
    cœur ,
Vous qui l'oſez traiter avec tant de rigueur ,
Si vous vouliez enfin dépouiller l'artifice ,
Pontife , avouez-le , vous lui rendez juſtice.

ANITUS.

Je ne ſuis point ſon Juge, & ce n'eſt point à moi
D'uſurper aujourd'hui le pouvoir de la loi.
Je puis plaindre Socrate innocent ou coupable;
Deſirer avec vous un Arrêt favorable ;
Mais enfin ſi par lui le Ciel eſt outragé ,
Il faudra bien pourtant que le Ciel ſoit vengé.

AGLAÉ.

Si je n'avois pour lui que le Ciel ſeul à craindre,
Je ceſſerais bientôt de gémir, de me plaindre.
Mais de ſon infortune il eſt d'autres auteurs :
Vous ne me parlez point de ſes accuſateurs.

ANITUS.

Les Dieux ſont les premiers & les plus redou-
    tables ,
Madame ; de leur nom , de leurs droits reſpe-
    ctables ,
Votre père toujours ſe montra l'ennemi ;
C'eſt par eux qu'en ce jour il ſe voit pourſuivi.

AGLAÉ.

Ces Dieux qui, ſelon vous , demandent qu'on
    les venge ,

Ont eu jusqu'à présent une faiblesse étrange.
Quoi ! depuis quarante ans mon père révolté
Ose publiquement braver leur majesté :
Il séduit la jeunesse ; & sa Philosophie,
Dans nos murs étonnés formant sa secte impie,
Du poison de l'erreur infecte ses amis :
Et laissant reposer leurs foudres endormis,
Ces Dieux, dont il a dû lasser la patience,
Empruntent votre voix pour demander ven-
    geance.
Ils font plus ; ce mortel impie, audacieux,
Que l'on ose accabler de cent noms odieux,
Le Ciel en sa faveur, inspirant ses Prophètes,
Veut bien à le louer forcer ses Interprètes.
Son Arrêt dès longtemps à Delphe est pro-
    noncé.
Au-dessus des humains Apollon l'a placé :
Mais le jour qu'Apollon, oubliant sa ven-
    geance,
D'un grand Homme, d'un Sage, honorant
    l'innocence,
Par un aveu public scella la vérité,
Il ne vous avoit pas, sans doute, consulté.

A N I T U S.

A ces soupçons piquans je n'ai rien à répondre,
Madame, avec deux mots je pourrais les con-
    fondre.

Mais je vous les pardonne, ils n'offenſent que
  moi ;
Les ſouffrir en ſilence eſt tout ce que je doi.
J'obéis aux devoirs d'un ſacré miniſtère ,
Sans aimer, croyez-moi, ſans haïr votre père ;
Quand je ſoutiens ici les intérêts du Ciel ,
Je puis être ſuſpect, & jamais criminel. *Il ſort.*

S C E N E I I I.

A G L A É *ſeule.*

L E Ciel pour l'innocence armerait la na-
  ture :
Je n'apperçois que trop ta coupable impoſture ,
Tu déguiſes ta joie , & veux cacher la main
Qui dirige les coups de ton zèle inhumain.
J'attens ici ſon fils. Le fils inexorable
Sera-t-il , comme lui, cruel , impitoyable ;
Je ne puis qu'en ces lieux me flater de le voir.
Mais quel fruit eſpérer de ſon faible pouvoir ?
Que peut-il faire ici pour me prouver ſon zèle?
Aux loix de la vertu plus il ſera fidèle ,
Et moins dans ce moment il pourra me ſervir.
Il n'a d'autre parti que celui d'obéir.
Par un triſte devoir ſa tendreſſe conduite ,

A combattre le mien se trouvera réduite.
Si la vertu, l'amour, que son ame ressent,
Lui parlent en faveur de Socrate innocent,
Il est d'autres vertus, dont la voix plus sévère
Lui prescrit malgré tout de respecter son père.
Faut-il, pour découvrir l'innocence du mien,
Qu'il aille mettre au jour tous les crimes du sien?
De ce honteux service il rougirait sans doute.
Que de pleurs en ce jour il faut qu'il nous en
    coûte !
Nous avons tous les deux, par un funeste sort,
A craindre pour un père, ou la honte, ou la
    mort.

SCENE IV.

AGLAÉ, CRITON.

AGLAÉ.

Viens, fils infortuné d'un père trop bar-
    bare :
Sçais-tu quel est le coup aujourd'hui qu'on
    prépare ?

CRITON.

Ah ! ma chère Aglaé, que je suis malheureux !
Je lis dans votre cœur, & je vois dans vos yeux

Que d'un complot cruel, d'une affreufe injuftice,
Peut-être en ce moment vous me croyez com-
		plice.
Vous n'êtes point injufte en foupçonnant ma
		foi,
Et le fang dont je fors prouve tout contre moi.
Dans quel horrible état fommes-nous l'un &
		l'autre ?
Hélas ! mon père aveugle eft ennemi du vôtre :
Il fe fait un plaifir d'augmenter vos douleurs ;
Et moi, qui viens ici partager vos malheurs,
Quand j'en fuis innocent , j'en vais porter la
		peine.
Vous allez m'accabler de toute votre haine :
Je le vois, cet amour que vous m'avez juré ,
Ne pourra point guérir votre cœur ulcéré ;
Et quand de tout le mien je détefte le crime ,
Je vais en devenir la première victime.

AGLAÉ.

Raffures-toi , Criton ; je ne te confons pas
Avec les artifans de ces noirs attentats ;
Mais pour mon juge ici je veux t'avoir toi-
		même.
Anitus eft armé contre un père que j'aime ,
Dont il feint au Sénat de remettre le fort ,
Mais fon parti , fans doute, y fera le plus fort.
							Ce

Ce Sénat n'eſt rempli que d'ames corrompues ,
Au crime, à l'intérêt de tous les temps vendues.
Ceux même dont le cœur un peu moins endurci,
Par des forfaits honteux n'eſt point encor
    noirci ,
Peut-être pouſſeront des ſoupirs inutiles ;
Mais ils ſe borneront à des plaintes ſtériles.
Dans le fonds de leur ame étouffant le regret,
Ils verſeront des pleurs, & ſigneront l'Arrêt.
A moins d'un prompt ſecours, que je ne puis
    attendre ,
Dans la nuit du tombeau Socrate va deſcendre.
Criton, près de l'auteur de ces affreux deſſeins,
Je ſçais trop quel devoir doit enchaîner tes
    mains.
Moi, mon premier devoir eſt de ſauver mon
    père ,
Et je vais à ce ſoin me donner toute entière.
Mes larmes vont remplir la Ville & le Sénat.
Pour lui, ſi je pouvais, j'armerais tout l'État :
Et ce ſeul intérêt l'emporte dans mon ame
Sur tous les autres ſoins , même ceux de ma
    flâme.
Je ne t'ordonne rien : dans ton cœur combatte
Laiſſes toujours régner la voix de la vertu ;
Mais ſonges cependant que la mort de mon père

A jamais entre nous élève une barrière.
Songe que dans mon sang je tremperais ma
     main ,
Plutôt que d'époufer le fils d'un affaffin.

CRITON.

Je n'empêcherai point un crime par des crimes ;
Mais je vais épuifer les moyens légitimes :
Sans bleffer les devoirs d'un fils refpectueux ,
Je vais fauver Socrate, ou mourir à fes yeux.

Fin du premier Acte.

ACTE SECOND.

SCENE PREMIERE.

CRITON *suivi de plusieurs Personnes du Peuple.*

Suivez-moi, mes amis ; armez-vous de cou-
    rage.
Vous paraîtrez bientôt devant l'Aréopage ,
Et c'est là qu'il faudra , sous des yeux ennemis,
Marquer la fermeté que vous m'avez promis.
Vous tenez dans vos mains le destin de Socrate :
Pour ce mortel divin que votre amour éclate.
Hélas ! auriez-vous cru qu'on pouvoit le haïr ?
De crimes odieux on ose le noircir :
Mais vous verrez bientôt cet injuste nuage
Se dissiper au jour de votre témoignage.
Pour faire en peu de mots connaître sa vertu ,
Racontez simplement ce que vous avez vu.
Il n'est aucun de vous dont sa main bienfaisante
N'ait essuyé les pleurs & surpassé l'attente.
Vous avez tous été les objets de ses soins ,
Vous l'avez vu calmer , prévenir vos besoins :

L'un lui doit le bonheur , la paix de fa famille ,
L'autre l'état d'un fils , ou la dot d'une fille.
Chargés de fes bienfaits , amis , pour les payer ,
Il ne s'agit ici que de les publier.
Ne croyez point fur-tout , comme on vous l'a
    pu dire ,
Que les Juges déja fe foient laiffés féduire.
Leurs cœurs de la vertu ne font point ennemis :
Par un noir artifice ils ont été furpris.
Leurs ordres , dans les fers , ont plongé l'inno-
    cence :
Quelle gloire pour vous, que la reconnoiffance
Parlant, par votre bouche , à leurs yeux étonnés
Montre dans quelle erreur ils étaient entraînés !
Vous verrez éclater leur tranfport légitime ,
Et vous aurez l'honneur de leur fauver un crime.

═══════════ ═══════════

S C E N E   I I.

ANITUS, CRITON , *les Gens du Peuple.*

CRITON.

G Rand Dieu, c'eft Anitus !
       A N I T U S *à Criton.*
         Que fais-tu dans ces lieux ,
Et qui font ces gens là ?

CRITON *d'un air embarraffé.*

Des hommes généreux,
Que la pitié, l'amour & la reconnaiffance,
Donnent pour protecteurs à la trifte innocence.
Ils venaient pour fléchir des Juges menaçans,
Rendre gloire aux vertus d'un Sage. . . . .

ANITUS.

Je t'entens.

Au Peuple.
Un fi noble projet vous flate avec juftice,
Amis, à la vertu c'eft rendre un vrai fervice.
Votre zèle, devant le Sénat abufé,
Va donc juftifier l'innocent accufé.
Vous protégez Socrate, & votre grand courage
Entreprend d'éclairer l'augufte Aréopage.
Pour vous autorifer dans un fi beau deffein,
Sans doute vous avez bien des preuves en main;
Vous allez démontrer au Sénat équitable
Qu'il a fait fans raifon arrêter un coupable;
Que l'orgueilleux Socrate, au pied de nos autels,
Montre à s'humilier au refte des mortels;
Que fa bouche fidèle aux dogmes de nos pères,
Toujours avec refpect parle de nos myftères;
Et dans les Temples faints, que fon zèle affidu
Brûle devant les Dieux l'encens qui leur eft dû.

UN HOMME DU PEUPLE.

Hélas ! fur ces objets nous n'avons rien à dire :
Un foin bien différent en ces lieux nous attire.
Nous venions attefter les généreux fecours
Qui, cent fois par fes mains, ont adouci nos jours.
Oui, Socrate fenfible aux pleurs des miférables,
Jettait toujours fur eux des regards favorables.
Lorfque dans la douleur nos cœurs étaient
　　　plongés,
Nous allions voir Socrate, & fortions foulagés.

ANITUS.

Voilà tout ce que s'eft propofé votre zèle !
Il eft bien généreux, & la démarche eft belle ;
Mais il fera, je crois, inutile à celui
Dont vous entreprenez de vous rendre l'appui.
Pour être Citoyen, croyez-vous qu'il fuffife,
Sous un air bienfaifant, que l'orgueil fe déguife ?
Quoi ! de compaffion quelque trait affecté,
Quelque leger préfent donné par vanité,
Vous feront adorer un mortel téméraire,
Qui des Dieux, fur l'État attire la colère ?
Et les Prêtres facrés, qui pour tous les humains
Élèvent vers le Ciel leurs innocentes mains,
Qui vont fur les autels préfenter vos offrandes,
Dont les Dieux adoucis écoutent les demandes,
Dont la voix vous apprend leurs faintes volontés,

Par cet audacieux fe verront infultés ?
Sortez de votre erreur , & connaiffez Socrate ;
Malgré cette vertu , dont l'appareil vous flate ,
Les Dieux, les juftes Dieux s'élèvent contre lui ;
Ce font eux qu'il s'agit de venger aujourd'hui.
Ils fe font déclarés ; leur courroux légitime
Jufques fur fes amis va pourfuivre le crime.
C'eft pour leur obéir qu'aujourd'hui le Sénat
S'apprétant à punir un coupable attentat ,
Va déployer des Loix le pouvoir redoutable ,
Et prononcer bientôt fon Arrêt au coupable.
Socrate & fes pareils font de vils impofteurs ,
Qui veulent vous féduire & corrompre vos cœurs.
Songez que les bienfaits d'une main criminelle...

CRITON.
Ah ! mon pere , fouffrez....

ANITUS.
Taifez-vous , fils rebelle.

UN HOMME DU PEUPLE.
Quoi ! ces mortels fi doux du Ciel font ennemis.
Hélas ! ils paraiffaient à nos cœurs attendris....

ANITUS.
Oui , malgré les vertus dont ils ont l'apparence ,
Ils méprifent les Dieux , ils bravent leur puif-
    fance ,

Et leurs bontés ne font qu'un piège dangereux
Qui vous rendraient un jour facrilège comme eux.

UN HOMME DU PEUPLE.

Eh bien ! s'il eft ainfi , que le Ciel en décide.
C'eft vous, Pontife faint, que nous prenons pour
       guide.
Dites , que faut-il faire ?

ANITUS.

Allez , retirez-vous.

Pour vous-même craignez le célefte courroux.
Ne tentez point des Dieux la fageffe équitable ;
Malgré tous vos efforts, fi Socrate eft coupable,
Amis, n'en doutez point, ils le condamneront ;
Et s'il eft innocent , ils le protégeront.

UN HOMME DU PEUPLE.

Suivons ce que le Ciel au grand Pontife infpire.
Ils s'en vont.

S C E N E III.

ANITUS, CRITON.

ANITUS.

Tu te tais maintenant.

CRITON.

Je n'ai plus rien à dire.

Hélas ! j'avais compté fur la fimple vertu

De ces hommes grossiers que vous avez vaincu.
Je connaissais leur cœur incapable de feinte :
Je ne m'attendais pas qu'une servile crainte,
En renversant l'esprit des ces infortunés,
Trahirait mon ami, que vous assassinés.

ANITUS.

Ton ami ! tu lui donnes un nom si respectable.
Socrate ton ami ! cœur lâche & méprisable,
Un indigne mortel, qu'on va priver du jour,
Rebut de la nature, & flétri sans retour.

CRITON.

Ce mortel vertueux, qu'avec tant d'injustice
Vous osez condamner au plus honteux supplice,
Est plus grand mille fois & plus noble à mes yeux,
Qu'un Pontife .... Ah ! j'irais plus loin que je
    ne veux.

ANITUS.

Achevez. A cès mots on ne peut méconnaître
Les leçons de Socrate & les traits de ton maître.
Je n'ai qu'un fils : ô Ciel ! que j'implore au-
    jourd'hui ;
Un fils qui de mes jours devrait être l'appui.
Pour cet unique objet de mes tendres caresses,
J'ai pris soin d'entasser les honneurs, les richesses,
Tout ce qui des humains pique la vanité.
Ménageant mon crédit & mon autorité,

En pénibles travaux j'ai confumé ma vie ;
Afin que ma fortune, un jour bien affermie,
N'exigeât de ce fils que de la recueillir,
Et qu'il n'eût d'autre foin que celui d'en jouir.
Malheureux que je fuis! il faut dans ma vieilleffe
Éprouver le premier l'orgueil de fa jeuneffe.
Il arme contre moi les Peuples mutinés :
Il féduit à mes yeux les efprits étonnés :
S'il eft quelque bonheur encor que j'ofe attendre,
C'eft fur lui, fur lui feul que je veux le répandre;
Et l'ingrat me préfere un coupable ennemi !
Il ofe devant moi l'appeller fon ami.
Eh bien, que ne vas-tu lui promettre ma vie ?
Et voilà donc le fruit de la Philofophie !

CRITON.

Ah ! que vous vous trompez. Quand, prêt à
    me troubler,
De mots injurieux ofant vous accabler,
J'étais ingrat, fans doute, en outrageant un
    pere,
Je me livrais au cours d'une aveugle colere
Qui règne trop fouvent dans le cœur des hu-
    mains.
Mais, lorfque de mes pleurs je viens baigner
    vos mains,
Lorfque vous me voyez, déteftant mon audace,

Embraſſer vos genoux, & demander ma grace,
Je ne fais qu'accomplir un précepte important
De ce coupable vil que vous méprifez tant.
S'il ſçavait qu'oubliant les loix de la nature,
J'ai formé contre vous un inſolent murmure,
Peut-être en ferait-il plus irrité que vous,
Et j'aurais plus de peine à calmer ſon courroux.
Soyez ſûr, ſi je veux accomplir ſes maximes,
Que je ne prétens point le ſauver par des crimes,
Et ſa noble fierté dédaigne des ſecours
Qui détruiraient les Loix, pour conferver ſes
    jours.
Non, dùt-il en périr, les prieres, les larmes,
Aujourd'hui contre vous feront mes feules armes.
Ah ! ne rejettez point le cri de ma douleur :
Après l'avoir cauſé, réparez ſon malheur.
Par les fers de Socrate Athènes confternée,
Gémit ſur la vertu qu'elle voit profanée ;
Et de cet attentat, dévoilant les auteurs,
Vous met en frémiſſant au rang des délateurs.
Quoi, dit-on, font-ce là les droits du Sacerdoce ?
Eſt-ce pour appuyer une haine féroce,
Pour répandre le ſang des hommes vertueux,
Que nous l'avons nommé Miniſtre de nos Dieux ?
Malgré la dignité qui doit vous en défendre,
Si déja ces difcours peuvent ſe faire entendre,

Que faut-il efpérer de la poftérité,

Elle qui n'a d'égard que pour la vérité ?

Voulez-vous qu'on accable un jour votre mémoire

De reproches honteux, cruels à votre gloire ?

Penfez-vous fans horreur qu'un trifte fouvenir,

Rappellant votre nom aux fiècles à venir,

Leur apprendrait comment aux cris de l'impofture,

Vous auriez immolé la vertu la plus pure,

Et réduit l'innocence à périr dans les fers.

Mon pere, vous m'aimez, & mes jours vous
font chers :

Croyez-vous, s'il périt, que je veux lui furvivre ?

Non, jufques au tombeau j'ai juré de le fuivre,

Et mon bras fur ce cœur défolé, mais foumis,

Punira l'attentat que vous aurez commis.

Cent moyens ferviront ma main impatiente,

Et ma jufte douleur y feroit fuffifante.

Mais vous ne voulez point la mort de votre fils;

Je vois couler des pleurs de vos yeux attendris :

Vous m'écoutez, mon pere, & votre ame fenfible

Abjure dans mes bras une haine inflexible.

A N I T U S.

Laiffe-moi, malheureux : que me demandes-tu ?

Eh ! que me fait à moi ce vain nom de vertu ?
Quand de Socrate ici je demande la vie,
Crois-tu que c'eſt aux Dieux que je le ſacrifie ?
Non, ce n'eſt qu'à moi ſeul, à mon pouvoir bleſſé :
Pour ne le perdre pas il m'a trop offenſé.
Les pompes, les honneurs, tant de riches of-
    frandes,
Dont le Peuple accompagne & ſoutient ſes de-
    mandes,
Ces hommes tous les jours qui viennent effrayés
Voir les Dieux dans ma bouche, & trembler à
    mes pieds,
Ce ſont là les vrais biens que mon orgueil deſire.
A mon ambition, ſeuls ils peuvent ſuffire ;
Ils font tout le bonheur, le repos de mes jours.
Veux-tu donc que j'en laiſſe interrompre le cours ?
Si ton Socrate vit, ſi mon cœur lui pardonne,
Il faudra bien pourtant que je les abandonne.

C R I T O N.

Eh ! mon pere, pourquoi ?

A N I T U S.

       Peux-tu le demander ?
Penſes-tu qu'avec lui je me puiſſe accorder ?
Moi, j'aſſervis le Peuple, & je veux le conduire.
Lui, par un autre orgueil prétend, dit-il, l'in-
    ſtruire ?

D'une main téméraire il sappe nos autels ;
De nos Temples sa voix détourne les mortels:
Si je ne viens enfin à bout , par mon adresse ,
Sur sa triste vertu de détromper la Grèce ;
Si son sang , par mes mains , aujourd'hui ré-
     pandu ,
Ne rend à mon pouvoir l'éclat qu'il a perdu ,
Les hommes qui croiront notre culte inutile ,
Iront tous embrasser une vertu facile ,
Et je ne serai plus bientôt dans leur esprit
Qu'un Prêtre sans autel , un fourbe sans crédit.

C R I T O N.

Eh bien ! il faudra donc que Socrate périsse.
Je ne vois rien qui puisse arrêter son supplice ;
Et dès que votre honneur, votre rang outragé ,
Veulent absolument que vous soyez vengé ,
Ma main va prévenir , par un coup volontaire ,
La mort de mon ami , la honte de mon pere.
Cher & trop digne objet d'un amour malheu-
     reux ,
Je vois déja les pleurs qui coulent de tes yeux :
Mais la mort m'épargnant de si rudes approches ,
Va me mettre à couvert de tes justes reproches.

A N I T U S.

Que dis-tu ? Quel amour peut ici te troubler ?
Criton , explique-toi.

CRITON.

Je crains de vous parler :
Mais duſſai-je éprouver toute votre colere,
Dans l'état où je ſuis je ne dois plus rien taire;
Apprenez un ſecret que je vous ai caché.
Maîtreſſe de mon cœur, qu'elle n'a point cher-
　　ché,
Une jeune Beauté, ſenſible, généreuſe,
Pleine d'attraits, & belle autant que vertueuſe,
Qui pourrait déſarmer votre eſprit irrité,
Si vous vouliez. . . . .

ANITUS.

Eh bien, cette jeune Beauté,
C'eſt . . . .

CRITON.

La triſte Aglaé, la fille de Socrate.
Ne croyez pas pourtant qu'un fol eſpoir me flate,
Ni qu'en faiſant l'aveu d'un amour imprudent,
Je compte d'amortir votre reſſentiment.
J'eſpérais autrefois que le Ciel ſecourable,
Pourrait jetter ſur nous un regard favorable;
Que les liens ſacrés formés par les enfans,
Du courroux paternel ſe verraient triomphans;
Que je tiendrais de vous la main de ma Maîtreſſe,
Et qu'au ſein de l'amour, dans une douce
　　yvreſſe,

Nous pourrions mettre au rang de fes premiers
     bienfaits ,
Cette réunion qui comblait nos fouhaits.
Tout a pris à mes vœux un chemin bien con-
     traire.
Sans doute de ce coup qui va frapper fon pere,
Aglaé périra , je connais trop fon cœur.
Mais je ne ferai point ici le fpectateur
Du jufte défefpoir, des pleurs de mon Amante.
Je ne la verrai point à mes yeux expirante ;
Sur moi laiffer tomber un regard courroucé ,
Gémir de fon amour fi mal récompenfé ,
Et par des cris plaintifs me preffer de lui rendre
Son pere , que mon bras n'aura pas fçu défendre.
Vous vous taifez. . . .

A N I T U S.

          Suis-moi. Sans doute je le hais ,
Et peut-être à préfent encor plus que jamais.
Mais tes pleurs m'ont touché. Viens, & je vais
     réfoudre
S'il faut le condamner , ou fi je puis l'abfoudre.

Fin du fecond Acte.

ACTE TROISIÉME.

SCENE PREMIERE.

AGLAÉ, *avec deux Amis de Socrate.*

AGLAÉ.

VENEZ, chers compagnons d'une fille
    tremblante,
Vous qui daignez me tendre une main confo-
    lante :
Hélas ! vous le fçavez, Socrate va périr.
C'eft trop peu de le plaindre, il faut le fecourir.
Peut-être fera-t-il trop tard pour l'entreprendre,
Si l'on attend l'Arrêt que le Sénat va rendre.
Anitus aura fçu d'avance le dicter,
Et c'eft une raifon de plus pour nous hâter.

UN AMI.

Oui, pour une entreprife auffi jufte que belle,
Madame, vous pouvez compter fur notre zèle.

C

Socrate nous est cher ; aux dépens de nos jours
Nous voudrions des Sens voir prolonger le cours;
Mais, à ne rien cacher, nous craignons dans la
      Ville,
De faire en sa faveur un éclat inutile.

A G L A É.

D'Athènes toute entiere est-il ~~donc condamné~~? *abandonné ?*
Par tous les Citoyens est-il ~~abandonné~~? *pour contraire ?*
Anitus à ce point a-t-il pu les séduire ?

U N   A M I.

Non sans doute, & chacun plaint Socrate ou
      l'admire.
Tous ceux que leur état met en droit de parler,
Tremblent de voir à qui l'on prétend l'immoler.
Mais la crainte retient leur prudence timide,
Ils verront consommer ce complot parricide,
Sans oser se permettre un effort généreux
Pour détourner un coup qui peut tomber sur
      eux.

A G L A É.

Mais le Peuple du moins, plus hardi, plus sincere,
Paraît-il s'allarmer du malheur de mon pere ?
Hélas ! que pense-t-il en ce funeste jour ?

L'AUTRE AMI.
Le Peuple est un appui bien faible ; son amour
Aisément se prodigue , & bientôt se rebute.
Il détestait hier la main qui persécute
Le Sage vertueux que sa bouche adorait :
Mais chez lui par degrés ce grand feu disparaît.
De Prêtres ameutés , une foule cruelle ,
Fait retentir les noms d'impie & de rebelle :
Ils fatiguent les airs de cris séditieux ,
Ils annoncent par-tout la vengeance des Dieux.
Dans les cœurs effrayés ils ne laissent de place ,
Ni pour l'amour des Loix , que le scrupule en
    chasse ,
Ni pour les sentimens de la tendre pitié ,
Qui cede , en gémissant , à leur inimitié.
AGLAÉ.
Mon pere malheureux n'a donc pour sa défense
Que les pleurs de sa fille & que son innocence.
N'importe cependant, en cet affreux danger ,
Gardons-nous , chers amis , de nous décourager.
Rappellons , augmentons encor notre courage:
Osons , sans balancer , faire tête à l'orage.
Vous , allez , retournez vers ce Peuple séduit ,
Tachez de dissiper l'erreur qui le conduit.
Au défaut de ces noms chéris du fanatique ,
Qui donnent sur les cœurs un pouvoir despotique,

Faites valoir les noms moins vantés , mais plus
    faints ,
De ces nobles vertus , utiles aux humains ,
Qui doivent de tout homme être le vrai partage,
Et ne font pas toujours celui même du Sage.
Peignez Socrate ami de la juste équité ,
Tendre , fimple , fincere & plein d'humanité ,
Bravant les préjugés , mais faifant fur la terre
Le bien que d'Anitus les Dieux n'y fçauraient
    faire.
Dans les cœurs endormis réveillez la pitié :
Allez , & que par vous la voix de l'amitié ,
Retraçant le tableau d'une vertu fi pure ,
Surmonte , s'il fe peut , la voix de l'impofture.
Moi , je vais cependant , les yeux chargés de
    pleurs ,
Toute entiere livrée à mes juftes douleurs ,
Attendre le Sénat , & hâter par mes larmes
La fin d'un jour trop long au gré de mes allarmes.

SCENE II.

AGLAÉ *feule.*

DAns le trouble mortel qui déchire mon
    cœur ,
Je me plains du foleil , j'accufe fa lenteur ,

Et je ne fonge pas que mon impatience
Appelle le moment fatal à l'innocence,
Où l'ardent Anitus, tout prêt à fe venger,
Va demander mon pere, afin de l'outrager.
N'en rougiras-tu point, ô malheureufe Athènes!
Verras-tu fans frémir Socrate dans les chaînes,
Par de coupables mains honteufement conduit
Aux pieds de ces pervers qu'Anitus a féduit ?
Mais un d'entre eux ici déja vers moi s'avance.
Il fe retire, il femble éviter ma préfence :
C'eft Crémès.

SCENE III.

AGLAÉ, CRÉMÉS.

AGLAÉ.

ARrêtez ; eft-ce vous qui fuyez,
Qui femblez détourner vos regards effrayés ?
Infultant aux débris de ma trifte famille,
De l'ami le plus tendre oubliez-vous la fille ?
Il gémit dans les fers ; je pouvais efpérer
Que vous vous joindriez à moi pour l'en tirer :
Mais vous me méprifez lorfque tout m'aban-
    donne.
Autour de moi déja je ne vois plus perfonne.
Je rencontre par-tout des vifages glacés,
Honteux de me connoître, à me fuir empreffés.

C R É M É S.

Vous vous plaignez à tort de mon indifférence.
Je venais au Sénat pour y prendre séance ;
Et n'y voyant encor aucun des Sénateurs ,
Je m'éloignais, de peur d'interrompre vos pleurs.

A G L A É.

Je le crois.... Mais enfin on va juger Socrate.
Répondez , est-ce à tort que sa fille se flate
Que par tant de malheurs votre zèle affermi ,
Va devant le Sénat défendre votre ami.
Vous sçavez quelles loix l'amitié vous impose.
Hélas ! si ce n'est vous , qui défendra sa cause ?
Qu'un Prêtre transporté d'une aveugle fureur ,
Sourd à tout autre soin qu'au soin de sa grandeur,
Perdant un innocent, dont l'aspect l'importune,
Immole , sans regret, mon pere à sa fortune ,
Lors même qu'il se livre aux plus noirs attentats,
Il m'afflige , il m'indigne , & ne me surprend pas.
Mais , vous qui, sous mes yeux , à mon malheu-
  reux pere
Avez juré cent fois une amitié sincere ;
Mais , vous qui lui devez votre rang dans l'État,
Qui , grace à ses secours , présidez au Sénat,
Verrez-vous sans frayeur les dangers qu'il doit
  craindre ?
Vous contenterez-vous en secret de le plaindre?

Et condamnerez-vous ſes jours infortunés
Par ce même pouvoir que de lui vous tenés ?

CRÉMÉS.

Conſervant pour Socrate un reſpect légitime ,
Je lui garde toujours une ſincere eſtime ,
Et j'éprouve pour lui dans ce trouble preſſant
Le zèle d'un ami ſûr & reconnoiſſant.
Oui , l'amitié me parle , & ſa voix reſpectée ,
Madame , dans mon cœur eſt toujours écoutée.
Mais vous-même au Sénat , voyez ce que je ſuis ,
Ce que peut Anitus , & le peu que je puis.
Anitus réſolu d'achever ſon ouvrage ,
Contre ſon ennemi quête chaque ſuffrage ,
Et je vois à ce nom le Sénat pâliſſant ,
Trembler d'indiſpoſer un homme ſi puiſſant.
Parmi toutes les voix qui demandent vengeance,
Ma voix ne ſçauroit ſeule emporter la balance.

AGLAÉ.

J'entens , & ſans ſecours vous laiſſerez périr
L'ami que votre main n'oſera ſecourir.
Je n'en ſuis que trop ſûre , & par ce vain langage
Vous cherchez à couvrir votre peu de courage ,
Croyant que votre nom à l'opprobre arraché ,
Se perdra dans la foule , & reſtera caché.
Ne vous en flatez pas. Ma voix , ſans indulgence ,
Dévoilera par-tout votre lâche prudence ,

C iv

Je défendrai mon pere, & fans vous épargner,
Je vous ferai rougir ne pouvant vous gagner.

CRÉMÉS avec fierté.

Madame, les emplois & les devoirs d'un Juge....

AGLAÉ.

Un Juge à l'innocent doit offrir un refuge :
C'eft fon unique emploi, c'eft fon premier devoir,
Et les mains que Thémis arme de fon pouvoir,
Doivent à la faveur de ce droit refpectable,
Être l'appui du faible & l'effroi du coupable.
Je vois vos Sénateurs qui s'avancent vers nous.
Dois-je le dire, hélas ! autrefois, comme vous,
Prefque tous ont reçu des bienfaits de mon pere,
Comme vous d'Anitus ils craindront la colere.
Comment les cœurs humains, ô Ciel ! font-ils
    donc faits,
Si la crainte agit plus fur eux que les bienfaits ?

SCENE IV.

AGLAÉ, CRÉMÉS. On voit arriver
plufieurs Sénateurs, & avec eux Melitus.

MELITUS. Il donne un billet à Crémès.

VOus alliez, pour les Dieux, déployant vo-
    tre zèle,
Foudroyer fans pitié la tête d'un rebelle.

Ce billet d'Anitus , entre mes mains laissé ,
Renferme quelque avis qui vous est adressé.
Ouvrez-le , Sénateurs , il vous fera connaître
Les égards que de vous desire le Grand Prêtre.
   C R É M É S ouvre le billet , & le lit.
Socrate assez longtemps a méprisé les Dieux.
J'en devraisen leur nom pourfuivre la vengeance;
Mais la bouche & le cœur d'un Prêtre vertueux,
Toujours avec plaisir s'ouvrent à la clémence,
Que l'augufte Sénat daigne écouter ma voix ,
Et fufpendre l'Arrêt qui menace l'impie.

  J'irai le voir , & j'efpere à la fois
Satisfaire les Dieux , & lui fauver la vie.

Quel bonheur inoui , que je n'attendais pas ,
Vient ici me tirer d'un cruel embarras !
Je ne fçais trop à quoi j'aurais pu me réfoudre,
Aimant , plaignant Socrate , & n'ofant pas l'ab-
   foudre.
   U N S É N A T E U R.
Nous n'en pouvons douter, Socrate eft innocent.
   U N A U T R E S É N A T E U R.
Il avait , par malheur un ennemi puiffant.
   U N A U T R E S É N A T E U R.
Pour moi, puifqu'Anitus fait taire fa vengeance,
Je verrai volontiers triompher l'innocence.

C R É M É S *à Aglaé.*

Confolez-vous, Madame, oubliez vos douleurs,
Vous le voyez, les Dieux font touchés de vos
　　pleurs. *Ils fortent.*

S C E N E V.

A G L A É *feule.*

Que m'ont-ils dit, ô Ciel ! me ferais-je
　　trompée ?
De quel étonnement je demeure frappée.
Anitus à mon pere offrirait fon fecours !
Lui-même prendrait foin de défendre fes jours !
Après m'avoir caufé de fi vives allarmes,
Anitus, tu voudrais... allons feche tes larmes,
Malheureufe Aglaé. Peut-être en ce moment,
Anitus fe rend-il aux pleurs de ton amant.
Que dis-je ? Si c'était un nouvel artifice !
En arrêtant ainfi le cours de la Juftice,
S'il voulait feulement fe réferver le temps
De fe mieux affurer des efprits chancélans,
Pour retomber enfuite à loifir fur fa proie,
O Ciel, quelle douleur fuivrait ma courte joie !
Mais où va s'égarer mon efprit effrayé ?
Lui fallait-il tant d'art ? Sans doute la pitié
De cette ame cruelle a trouvé le paffage.

Anitus fe repent, & la honteufe image
D'un Jufte dans les fers, par fon ordre expi-
    rant,
A porté dans fon cœur le remords pénétrant.
Mais il parle des Dieux, il veut les fatisfaire,
Et ce n'eft qu'à ce prix qu'il doit fauver mon
    pere.
Hélas ! de ce billet la trifte obfcurité,
A mon efprit confus, n'offre point de clarté.
Il faut, je le vois bien, fufpendre ici mes
    plaintes,
Mais rien n'efface encor le fujet de mes craintes.

Fin du troifième Acte.

ACTE QUATRIÉME.

Le Théâtre repréfente la Prifon de Socrate. On le voit dans le fonds affis & enchaîné. Il paraît plongé dans une profonde méditation On ouvre la porte. Un Géolier entre , & détache la chaîne qui arrêtait Socrate par le milieu du corps. Il lui laiffe celle qu'il a aux mains. Le Philofophe femble examiner une perfonne qui fuit le Géolier , & cette perfonne c'eft Anitus.

SCENE PREMIERE.

ANITUS, SOCRATE.

ANITUS.

C'Est Anitus , c'eft moi.

SOCRATE.

Cette faveur m'honore ;
Mais je ne conçois pas comment tu daigne encore. . . .

ANITUS.

Quitte , quitte avec moi cet inflexible orgueil.
Je puis ouvrir d'un mot ou fermer ton cercueil,
Et tu vois devant toi l'arbitre de ta vie.

J'ai defiré longtemps qu'elle te fût ravie ;
Je ne m'en défens pas , & tu l'as bien pu voir.
Tes fers montrent affez ma haine & mon pouvoir.
Mais des larmes d'un fils je n'ai pu me défendre ;
C'eft lui qui dans ces lieux me force de defcendre.
Par faibleffe pour lui j'ai fufpendu ta mort :
Pour la derniere fois il faut régler ton fort ,
Et je viens pour cela. Parle , aimes-tu la vie ?

S O C R A T E.

Sans doute , fi je puis vivre fans infâmie.

A N I T U S.

J'ai voulu feul à feul te parler aujourd'hui.
Écoute , je veux bien devenir ton appui.
Mon cœur va te jurer une amitié de frere.
De ta fille , ce foir , je deviendrai le pere ,
Et pour tant de bienfaits je n'exige de toi
Que de vouloir agir & penfer comme moi.
Je ne me pique point de préceptes fublimes.
Je vais en peu de mots t'expliquer mes maximes,
Sans réferve , fans fard & fans obfcurité.
Pour l'ufage du moins , & pour l'utilité ,
Tu peux leur comparer celles de ton école.
Je n'examine point par un defir frivole ,
Si ces Dieux de tout temps par le peuple adorés,
Sont, comme tu le crois, des menfonges facrés ,
Qui, nés de l'impofture & de notre faibleffe,

Ont acquis du pouvoir à force de vieilleſſe,
Et rendent reſpeſtable aux ſtupides humains,
Le fruit de leurs erreurs, l'ouvrage de leurs mains.
Tu vois que ſi ces Dieux ſont faibles, mépriſables,
Leurs Prêtres ont du moins des armes redou‑
    tables,
Et ſçavent à propos punir les indiſcrets
Dont l'audace prétend pénétrer leurs ſecrets.
Mais qu'importe après tout ſi ce ſont des chi‑
    meres ?
Pourquoi mettre au creuſet les rêves de nos peres?
Au‑lieu de travailler à les décréditer,
Au‑lieu de les combattre, il faut en profiter.
C'eſt là l'unique but, le triomphe du Sage.
De la triſte raiſon l'erreur eſt le partage,
Et le vulgaire aveugle en ſa ſimplicité,
Ne connaît point de borne à ſa crédulité :
Soit. Mais ſans affeſter un mépris inutile,
Saiſiſſant les reſſorts qui le rendent docile,
Un eſprit male & ferme à ſon gré le conduit.
Il appuie avec art une erreur qui ſéduit ;
Et bien loin d'en tirer un préſage ſiniſtre,
Il l'accrédite encor, & s'en fait le Miniſtre.
Pour ébranler le cœur il éblouit les yeux.
Il monte ſur l'autel, il fait parler les Dieux,
Et voit à ſes genoux une foule tremblante

Puiſer dans ſes regards l'eſpoir ou l'épouvante.
C'eſt ainſi qu'on ſe fait des deſtins éclatans ,
Qu'on gouverne le monde, & qu'au-lieu....
          . S O C R A T E.
                              Je t'entens.
L'ambition du Sage enfante les oracles ,
Sur les autels des Dieux prodigue les miracles ,
Montre au peuple le crime adoré dans les Cieux,
Fait naître l'appareil qui frappe ici ſes yeux,
Et tous ces dogmes vains qu'il ne ſçaurait com-
     prendre.
          A N I T U S.
Il les mépriſerait , s'il pouvait les entendre.
Vas, crois-moi, pour penſer le peuple n'eſt pas né.
Il faut , pour ſon bonheur, qu'humblement pro-
     ſterné ,
Aux autels de ſes Dieux , ſous la main de leurs
     Prêtres ,
Il adore en tremblant le pouvoir de ſes Maîtres.
Il faut que repouſſant un deſir inſenſé ,
Content du rang obſcur où le ſort l'a placé ,
Fuyant de la raiſon l'inutile lumiere ,
Il vive en paix des fruits qu'il arrache à la terre.
C'eſt là ſon vrai deſtin. Dans ſon obſcurité
Il eſt ce qu'il doit être, & l'a toujours été.
Mais pour lui la nature avare de ſes flâmes ,

De la règle commune exempte quelques ames ;
Quelques cœurs généreux, tels que toi, tels que
    moi ,
Destinés dans le monde à lui donner la loi.
Ceux-là sans se soumettre aux préjugés vulgaires,
Y doivent asservir les ames ordinaires ;
Et flatant sa faiblesse ou sa crédulité ,
De la terre à leurs pieds fouler la liberté.
De la comparaison si ton orgueil s'offense ,
Crois qu'il est entre nous bien peu de différence.
Le Philosophe altier qui détruit les erreurs ,
Le Prêtre dont la voix les seme dans les cœurs ;
Ont les mêmes desseins & de pareilles vues.
Tous deux voulant régner sur les ames émues ,
Bornent également leurs desirs & leurs vœux
A se faire un grand nom qui subsiste après eux.
Si nos vœux sont égaux, me diras-tu peut-être ;
Les chemins, les moyens, sont éloignés de l'être;
Et l'un séduit l'esprit, l'autre veut l'éclairer.
Dans ces distinctions je ne veux point entrer ;
Je m'arrête à l'effet , sans pénétrer la cause.
Mais je vois qu'au danger sans succès l'un s'ex-
    pose ,
Qu'il vit souvent obscur , & toujours malheureux ;
Et que l'autre élevé dans un rang glorieux ,
Favorisé du Ciel , redoutable à la terre ,
Donne

Donne à fon gré des loix à la nature entiere.
Pouvant la gouverner, tu veux la corriger :
Mais tes efforts font vains, & tu peux en juger.
Quel fruit t'eft revenu de ta fageffe auftère ?
Que t'a valu, dis-moi, cette vertu févère ?
Des chagrins, des affronts, fans ceffe renaiffans;
Des ennemis nombreux, de lâches partifans,
De qui le cœur glacé par ta Philofophie,
Aux tranfports de mon zèle abandonne ta vie.
Mais change de conduite, & ton fort va changer.
Affermis mes honneurs, & viens les partager.
Feins que tes yeux fe font ouverts à la lumière ;
Que l'on voie une fois ton front dans la pouffiere,
Et pour toi dès l'inftant je n'ai plus de fecrets,
Je vais te confier mes plus chers intérêts.
Affis près de ces Dieux que ta fierté dédaigne ;
Viens poffeder le Temple & l'Autel où je règne.
Sois Dieu toi-même, & vois les hommes effrayés
Te prodiguer leurs vœux & tomber à tes pieds.
M'entends-tu maintenant ?

S O C R A T E.

        Tant de gloire me flate ;
Et c'eft plus qu'il n'en faut pour le faible Socrate.
Moi-même en ce moment tu m'en vois interdit.
Mais un fcrupule encor arrête mon efprit ;
Ce nuage d'encens offert par la faibleffe,

D

Étouffe-t-il la voix terrible, vengereſſe,
De ces remords affreux qui déchirent un cœur,
Et ſuivent à grands cris le menſonge & l'erreur.

A N I T U S.

Eh ! quelle eſt cette voix que ton ame redoute ?
Un Prêtre la fait taire, & tu crois qu'il l'écoute ?
Vas, nous lançons la foudre, & ne la craignons
    pas.
Laiſſe là tes remords, & libre d'embarras,
Viens avec moi puiſer au pied du ſanctuaire,
La male fermeté qui fait mon caractere.
Viens apprendre comment dans un crédule eſ-
    prit,
On fait naître avec art les frayeurs dont on rit,
Et comment, ſans riſquer ces reſſources ſecrè.es,
On a pour les calmer des raiſons toujours prêtes.
Au reſte, il faut choiſir. C'eſt l'unique moyen
Qui puiſſe ſatisfaire & mon cœur, & le tien.
Si tu veux t'oppoſer encor à ma clémence,
Ne crois pas reculer plus longtemps ma ven-
    geance.
Ou mourir dans une heure, ou venir avec moi
Prendre au pied des autels, & puis donner la loi;
C'eſt le dernier arrêt que ma bouche prononce :
Tu peux te décider, & j'attends ta réponſe.

SOCRATE.

Je la dois en effet à la rare bonté
Qui te fait à ce prix mettre ma liberté.
J'ai de tes fentimens la connoiffance entiere :
Tu m'en as fait l'aveu fimple, franc & fincere :
Écoute donc les miens, & juges à ton tour
Si tu dois efpérer de me féduire un jour.
Dans un vil attelier, lorfque dès ma jeuneffe,
J'ofai me dévouer à chercher la fageffe ;
Et lorfqu'après vingt ans, devenu moins obfcur,
Je formai le projet, dans un âge plus mûr,
De publier le fruit de mes travaux pénibles,
De rendre à la vertu tous les hommes fenfibles,
J'ai vu combien un jour il pourrait m'en coûter :
Je l'ai vu d'un œil ferme, & fans m'épouvanter.
De mes jours, fans regret, j'ai fait le facrifice,
Certain que tôt ou tard, fous le nom de juftice,
De toi, de tes pareils, les cris intéreffés
Armeraient contre moi les Peuples infenfés.
Auffi quand je t'ai vu, groffiffant la tempête,
Que tes brigues avaient attiré fur ma tête,
Demander mon trépas aux Sénateurs féduits,
Tu m'as plus affligé que tu ne m'as furpris.
S'il faut de la vertu que je fois la victime,
Mon unique regret c'eft qu'il t'en coûte un crime,
Et que pour m'élever à ce comble d'honneur,

Tu devienne un objet de mépris & d'horreur :
Car ne t'y trompes pas, ces partifans dociles
De ta haine aujourd'hui les inftrumens ferviles,
Ne feront pas toujours guidés par ta fureur.
Le temps viendra lever le bandeau de l'erreur.
Ils nous verront alors tous deux tels que nous
     fommes,
Et leurs remords tardifs perçant aux yeux des
     hommes,
Trahiffant le fecret de ton inimitié,
Leur apprendront à qui je fuis facrifié.
Puiffent-ils, déteftant l'effet de ta vengeance,
En devenir plus lents à juger l'innocence !
Au refte, quand des fers tu me ferais fortir,
Quand ta haine aujourd'hui pourrait fe ralentir,
Ceffe de te flater, qu'abaiffant mon courage,
Je puffe me réfoudre à changer de langage.
Je dirais aux mortels ; foyez doux, bienfaifans,
Du Dieu qui vous créa montrez-vous les enfans :
En aimant les humains reffemblez à leur pere.
L'amour eft le lien de la nature entiere.
Aimez-vous, fouffrez-vous, même avec vos dé-
     fauts ;
Défiez-vous fur-tout de ces preftiges faux,
De ces oracles vains qui, fur la foi des Prêtres,
Dans des monftres cruels vous préfentent vos
     maîtres,

Et qui vous font donner le nom d'impiété
A l'amour de la paix & de la vérité.
Tels feraient mes difcours. Ta haine mal éteinte
Y trouverait encor tous les fujets de plainte
Qui forment contre moi fa bafe & fon appui :
Je reviendrais bientôt où je fuis aujoud'hui.

ANITUS.

J'ai peine à réfifter au courroux qui m'entraîne.
Malheureux , tu veux donc toujours braver ma
    haine.

SOCRATE.

Je ne la brave point , & la crains encor moins.

ANITUS.

Mais fonge que tu perds le fruit de tant de foins ;
Tu mourras dans les fers avec ignominie.

SOCRATE.

Eft-ee un fi grand malheur que de quitter la vie?
L'arrêt que tu prononce aujourd'hui contre moi,
La nature demain le rendra contre toi :
Nous nous fuivrons de près. Et quant à l'infâmie
Dont tu crois pour toujours ma mémoire flétrie,
Sçaches que d'un autre œil j'en vois l'événement :
Je ne fuis point flétri fi je meurs innocent.

ANITUS.

Malgré moi tu t'obftine à courir à ta perte ;
Et quand je te retiens fur ta tombe entr'ouvert

Rien ne peut t'ébranler, ni ces honneurs promis,
Ni la tendre amitié que te garde mon fils.

SOCRATE.

Tes honneurs ! tu peux voir combien je les mé-
    prise.
Pour ton fils, la vertu dont son ame est éprise,
Me rend sensible aux pleurs que je vais lui coûter;
Mais pour se consoler il n'a qu'à m'imiter.

ANITUS.

Ainsi donc, renonçant au soin de ta famille,
Tu te vois sans regret séparé de ta fille. . . .

SOCRATE.

Anitus, c'est assez. Ce n'est point par le tien
Que tu pourrais juger de son cœur ni du mien.
Nous n'avons plus ici, je crois, rien à nous dire.

ANITUS *avec fureur.*

Tu feras satisfait, adieu ; je me retire.

SCENE II.

SOCRATE *seul.*

ET voilà donc, grand Dieu, les projets cri-
    minels
Qui peuvent se former dans le cœur des mortels,
Lorsque l'ambition secondant l'avarice ,
Les rend sourds aux remords, amis de l'injustice;

Et que d'un nom sacré pouvant s'autorifer,
Se jouant de tes loix, qu'ils ofent méprifer,
Ils placent fur l'Autel, au fonds du Sanctuaire,
Des horreurs que ma voix. . . .

SCENE III.

SOCRATE, CRITON *qui accourt fe jetter*
aux genoux de Socrate.

SOCRATE.

JE viens de voir ton pere ;
Il a pour me fauver fait tout ce qu'il a pu.
Il me connaiffait mal.

CRITON.

Ah ! j'ai tout entendu.
Je m'étais donc flaté d'une vaine efpérance !
Sur fa parole, hélas ! j'étais fans défiance.
Le barbare, abufant de ma crédulité,
Ne m'avait point parlé de ce honteux traité.
Mais puifqu'enfin de lui je ne puis rien attendre,
Aux foins de l'amitié daignerez – vous vous
　　rendre ?
Je viens de travailler à votre liberté ;
Vous pouvez éloigner un danger redouté.
Les Gardes font gagnés, la prifon eft ouverte.
Dérobez-vous aux mains qui trament votre perte.

 S O C R A T E,

Nous vous fuivrons, venez vivre avec vos amis,
Dans un afyle fûr , loin de vos ennemis.
Athènes qui gémit , l'amitié , la nature ,
Aglaé , pour tout dire enfin , vous en conjure.
Hâtez-vous.

S O C R A T E.

Non. Mon cœur eft touché de tes foins;
Même en les refufant , il ne les fent pas moins.
Mais dis-moi, mon ami, prétens-tu qu'à mon âge,
Au terme de mes jours , démentant mon courage ,
Dérobé de ces lieux comme un vil fugitif ,
J'aille d'Athène au loin promener le captif ?
Et que les Citoyens d'une Terre étrangere
Difent, en me voyant, voilà ce Sage auftere
Qui, pendant foixante ans, n'entretint fes amis
Que du refpect qu'on doit aux loix de fon Pays:
Mais au premier danger élevé fur fa tête ,
Oubliant fa morale, & fuyant la tempête ,
Il mendie un afyle , en fortant de prifon ,
Contre ces loix qu'il craint , peut-être avec rai-
fon.
Toi qui fçais les devoirs que la vertu m'impofe ,
A de pareils affronts veux-tu que je m'expofe ,
Que je laiffe douter fi je fuis innocent ?
Et pourquoi ? Pour fauver un refte languif-
fant

De jours triftes, ufés, flétris par la vieilleffe,
Qui, dans le même inftant où ma lâche faibleffe
Jouirait d'un afyle avec peine accordé,
Peut-être par le Ciel ferait redemandé.

CRITON.

Loin de bleffer des loix le pouvoir légitime,
Vous allez en fuyant leur épargner un crime.
On n'en fçaurait douter, vous êtes innocent ;
Et pourtant de ces loix, le glaive menaçant,
Conduit par une main adroite, impitoyable,
Va vous porter fans doute un coup inévitable.
Faites pour protéger les hommes vertueux,
Elles fervent fouvent des complots odieux :
Et leur doit-on alors un refpect fi docile ?
Contre nos paffions c'eft un remède utile.
Mais faut-il le garder quand un air corrompu
En poifon dangereux a changé fa vertu.

SOCRATE.

Ainfi tout Citoyen guidé par fon caprice,
Oppofant fa raifon au bras de la Juftice,
Méprifant déformais la voix du Magiftrat,
Prétendra dans lui feul concentrer tout l'État.
Chacun ayant le droit de borner ou d'étendre
L'autorité qu'aux loix il voudra laiffer prendre,
Va, de leurs réglemens organe intéreffé,
Décider quand par eux il fe croira bleffé.

Eh quoi ! ne vois-tu pas quelles horreurs, quels
    crimes
Feraient naître bientôt ces funestes maximes ?
Quelle honte à jamais en couvrirait l'auteur ?
Ne vas point, adoptant une coupable erreur,
Confondre avec la loi l'abus qu'on en peut faire.
Elle est par elle-même & juste, & nécessaire.
Si, comme tu le dis, soigneux d'en abuser,
Les crimes quelquefois s'en font autoriser,
Le fruit, le triste fruit qu'alors ils en attendent,
Est pourtant un hommage, en effet, qu'ils lui
    rendent.
Le soin que les méchans ont de s'en prévaloir,
Est un aveu secret qu'ils font de son pouvoir.
Pour la mieux affermir, quand par elle on l'op-
    prime,
Le Sage, sans regret, en devient la victime.
Il se laisse frapper, sans détourner les yeux :
Persuadé souvent qu'il est avantageux,
Pour le salut de tous qu'un seul homme pé-
    risse :
Heureux celui qui peut, par ce noble supplice,
Dont la gloire à jamais écarte les horreurs,
Graver de son Pays la loi dans tous les cœurs !
C R I T O N.
O vertu ! dont l'excès me pénètre & m'accable !

SOCRATE.

Non , il faut éviter un excès condamnable;
Je ne m'oppofe point à des fecours permis.
Je ne te défends pas d'affembler tes amis
Au Sénat, qui bientôt, fi j'en crois l'apparence,
Va finir mon procès , & rendre la fentence,
Ne dis rien qui ne foit conforme à l'équité ;
Mets au jour , tu le peux , l'exacte vérité.
Si pourtant à tes vœux le fuccès eft contraire ;
Souviens-toi , malgré tout , de ménager ton
    pere.
Garde-toi , mon ami , de perdre en ma faveur
Le refpect que tu dois à mon accufateur.

Fin du quatrième Acte.

ACTE CINQUIÉME.

SCENE PREMIERE.

SOCRATE *qui tient* CRITON *par la main.*

CRITON.

Non, non, de ce moment le jour m'est en
    horreur.
Laissez-moi me livrer à toute ma fureur.
Laissez-moi détester la Sentence cruelle
Qui couvre mon Pays d'une honte éternelle.
Vous, condamné ! quoi vous ! comme un vil
    scélérat,
Socrate va périr aux yeux d'un Peuple ingrat !...
O malheureuse Athènes ! ô ma triste Patrie !
Veux-tu voir sans remords ta gloire ainsi flétrie ?
Et toi, cruel, & toi que je n'ose nommer,
Que je ne puis haïr, que je frémis d'aimer ;
Eh bien, vas, j'y consens. Ta constance inhu-
    maine,
Aux dépens de mes jours, satisfera ta haine.

Tu me verras bientôt , égaré , furieux ,
Répandre de ma main tout mon fang à tes yeux.
SOCRATE.
Étouffes les tranfports d'une injufte colere.
Si tu m'aimes , Criton , il faut aimer ton pere ,
Embraffer fes genoux , m'oublier dans fes bras.
CRITON.
Moi ! je retournerais.... ah ! ne le croyez pas.
Non , à mon défefpoir il faut que je fuccombe ;
Et puifque vous allez defcendre dans la tombe ,
Criton vous y fuivra.
SOCRATE.
Non , je te le défens.
Ceffe de te livrer à ces emportemens
Qui déchirent ton cœur fans affurer ma vie ,
Et qui font peu d'honneur à la Philofophie.
Quoi ! cette fermeté qui , prefque tous les jours ,
Dans le fein de la paix fignalait nos difcours ,
Nous abandonne-t-elle au milieu de l'orage ,
Et dans l'inftant qui veut qu'on la mette en ufage ?
C'eft fur-tout aujourd'hui qu'il faut nous en pi-
　　quer.
CRITON.
Sans doute aux maux communs elle peut s'ap-
　　pliquer ;
Mais à l'affreux complot dont tout mon corps
　　friffonne ,

Mon pere, il eſt trop vrai, ma raiſon m'aban-
    donne.
Moi, que je voie ; ô Dieu ! ſans preſque oſer
    gémir,
Par l'indigne attentat dont on veut vous noircir,
Les palmes ſe flétrir ſur votre front auguſte ;
Qu'accablé ſous l'effort d'une cabale injuſte,
Innocent, de mes bras je vous voie arracher,
Et que la mort enfin. ...

S O C R A T E.

        Mais, peux-tu l'empêcher ?
Aux volontés du ſort penſes-tu me ſouſtraire ?
Quand la nature en ſuit le cours involontaire,
En ma faveur, dis-moi, crois-tu le déranger ?
Penſes-tu que tes pleurs le forcent de changer ?
Eh quoi ! tu n'es encor qu'aux portes de la vie,
Et dès les premiers pas déja ton ame plie,
S'affaiſſe ſous le poids d'un malheur étranger,
Que la ſeule bonté t'oblige à partager !
Ah ! ſi tu veux jouir de la faible meſure
Du bonheur qu'ici-bas accorde la nature,
Il faudra bien apprendre à ton cœur indompté
A fléchir ſous le joug de la néceſſité.
L'habitude d'abord le rendra ſupportable :
Mais c'eſt à la vertu de le rendre agréable.

A tout âge, en tout lieu, quelque part que tu fois,
Malgré tous les efforts que feront contre toi,
Ou la crédule erreur, ou la jaloufe audace,
Fais-en hommage au Dieu qui t'a marqué ta place.
Sans murmurer jamais, fuis toujours le chemin
Qui te fera tracé par fa puiffante main.
Voilà le feul moyen d'adoucir l'amertume
Dont je vois qu'en fecret ton ame fe confume.

CRITON.

De vos fages leçons j'aurais mal profité,
Si ma voix accufait ce Dieu de cruauté.
Mais expliquez-moi donc par quel affreux my-
    ftere
Le crime audacieux domine fur la terre,
Tandis que la vertu, réduite à fe cacher,
Eft fi loin du bonheur qui devrait la chercher.
Ah ! fous ce Dieu fi bon la timide innocence
Ne devrait-elle pas avoir fa récompenfe ?

SOCRATE.

Eh ! qui t'a dit, mon fils, qu'elle ne l'aura pas?
Du haut de fon féjour ce Dieu lui tend les bras;
Il l'appelle, il l'excite, & fa bonté fuprême,
Dans fon fein veut un jour la couronner lui-
    même.
Mais le prix, fans combat, ne doit point s'em-
    porter,

Et pour y parvenir il faut le mériter.
Voilà pourquoi souvent sur la terre où nous
    sommes,
Sa main lâche la bride aux passions des hommes.
La vertu, que le crime alors semble braver,
Est l'or dans le creuset, que Dieu veut éprouver.
Cesses donc de juger de tout sur l'apparence ;
Sçaches, sans désespoir, gémir sur l'innocence.
Quand tu vois le méchant contre elle conspirer,
Songe alors, songe au prix qu'elle en doit es-
    pérer.

CRITON.

Il faut donc que frappé du coup le plus terrible,
Je commande à mon cœur de rester insensible.

SOCRATE.

Non, il faut écouter une juste douleur,
Mais ne pas succomber sous le poids du malheur.
Penses-tu que je sois insensible moi-même,
Pour toi, pour Aglaé, pour ma fille que j'aime ?
Contemplant sans effroi la rigueur de mon sort,
D'un œil indifférent je regarde la mort ;
Mais au moment de perdre une fille chérie,
Je sens, mon cher Criton, tout le prix de la vie.
Son nom seul m'intimide, & jette dans mon cœur,
Malgré tous mes efforts, une secrète horreur.

Je

Je ne me fuis point fait une étude cruelle
De vaincre à chaque inftant ma tendreffe pour
    elle :
J'en fuivais le penchant , & mes yeux fatisfaits
Comptaient de fa vertu les rapides progrès.
Dieu veut m'en féparer. J'adore fa Juftice.
A fes pieds , de bon cœur, j'en fais le facrifice;
Je voudrais feulement qu'elle pût m'imiter ;
Que fon cœur moins ému du coup qu'on va
    porter ,
Sçût fe rendre à la voix d'une utile fageffe ,
Et qu'il pût foutenir l'effort de fa tendreffe.
Criton, un trouble affreux va bientôt l'accabler;
De ma perte c'eft toi qui peux la confoler.

C R I T O N.

Ah ! d'une horrible idée Aglaé trop frappée,
Verra toujours ma main de votre fang trempée.
Elle va n'écouter que le reffentiment :
Je deviendrai pour elle un objet effrayant.
Tremblante de me voir & de me reconnaître ;
Pourfuivant fur mon fang le fang qui m'a fait
    naître ,
Son courroux , fans reffource , allumé contre
    moi ,
D'un exil éternel va m'impofer la loi.

E

SOCRATE.

Non, ta crainte est injuste, & ma fille équitable
Ne sçaurait te jurer une haine implacable.
Je me plais, au contraire, à penser que le temps,
Venant rendre ses maux plus calmes, moins
     cuisans,
Avec plaisir un jour elle pourra t'entendre
Rappeller à son cœur, toujours sensible & tendre,
Par des discours souvent de pleurs interrompus,
Le pere qu'elle aimoit, & qui ne sera plus.
Elle a besoin d'appui dans ses vives allarmes.
Vas, mon fils, mon cher fils, vas partager ses
     larmes.
Son ame renaissante après les premiers jours,
Ne refusera point tes vertueux secours.
Je ne la verrai plus. En ce moment funeste
Qui, de mes faibles ans va terminer le reste,
Exiger qu'elle fût le témoin de ma mort,
Ce serait épuiser la cruauté du fort :
Il lui faut épargner cet horrible supplice.
Pour la derniere fois, va qu'elle m'obéisse.
En recueillant les pleurs que verseront ses yeux,
Dans cet embrassement portes-lui mes adieux.

CRITON.

Mon Pere. . . . .

SOCRATE.

Non, je fens ébranler mon courage ,
Tu pourrais en reftant l'affaiblir davantage.
Tu vois que cet Efclave apporte le poifon :
Pour la derniere fois , adieu , mon cher Criton.

SCENE II.

SOCRATE , CRITON , AGLAÉ *qui fe*
précipite fur le Théâtre en voyant l'Efclave qui
porte la coupe.

AGLAÉ.

ARrête , malheureux !

SOCRATE.
C'eft ma fille.

AGLAÉ *fe jettant dans fes bras.*
Ah ! mon pere.

CRITON.
Ah ! ma chere Aglaé.

AGLAÉ.
Laiffe-moi , téméraire.

SOCRATE *à Criton.*
Excufes-la , mon fils , tu dois la fupporter.
Hélas ! fon cœur trop plein a befoin d'éclater.

E ij

A Aglaé.

J'avais prévu quel coup, dans ton ame accablée,
Porterait la douleur dont tu ferais troublée.
Je voulais épargner à mon cœur, comme au tien,
Le pénible tourment d'un dernier entretien.

A G L A É.

Eh bien ! c'en eft donc fait, vous ferez leur
  victime.
Rien ne peut empêcher ni retarder le crime.
Hélas ! vous m'aviez dit qu'il régnait dans les
  Cieux
Un Dieu jufte & propice aux hommes vertueux,
Dont la main bienfaifante affurant l'innocence,
Réprimait des méchans la haine & la vengeance.
Eft-ce là fa juftice ? Eft-ce là fa bonté ?

S O C R A T E.

La douleur parle trop à ton cœur irrité.
Malgré ce que te coûte une épreuve fi dure,
Plains-toi fans offenfer l'auteur de la nature.
Je te l'ai dit cent fois, dans fes puiffantes mains
Il balance à fon gré le deftin des humains.
En vain à l'annoncer j'aurai paffé ma vie :
Qui croira déformais à ma Philofophie,
Si, travaillant toi-même à la décréditer,
Dans ma propre famille on paraît en douter ?

Pour moi ce Dieu n'a point une rigueur févere,
Puifqu'il te met encor dans les bras de ton pere.
Je lui rends grace au moins dans mes derniers
    momens
De pouvoir fous mes yeux raffembler mes enfans.
       A G L A É.
Vos enfans !
      S O C R A T E.
     Que Criton foit déformais ton frere ;
Qu'il foit même encor plus. Vas n'en fais point
    myftere :
Sans crainte, fans regret, j'ai vu naître les feux
De l'amour innocent qui vous brûle tous deux ;
Et fa main avec moi, déja d'intelligence,
Pouvait de tes vertus être la récompenfe.
Oui, je comptais un jour par fon pere avoué ,
Le donner pour époux à ma chere Aglaé.
      C R I T O N.
Souvenir précieux à mon cœur qui l'adore !
      S O C R A T E.
Je l'efpérais, mon fils, & je l'efpere encore.
Quand je ne ferai plus, Anitus fatisfait
Verra votre union avec moins de regret.
    A Criton.
C'eft à toi par degré de ramener fon ame ;
Je ne vois pas qu'il puiffe oppofer à ta fiâme

D'obſtacles que le temps, la conſtance & l'amour
Ne doivent ſe flater de renverſer un jour.

A G L A É.

Qui ! moi ! que d'Anitus j'augmente la famille !
Que ce monſtre cruel m'oſe appeller ſa fille !
Et qu'inſultant aux pleurs qu'il aura fait couler,
Il me tende la main qui va vous immoler !

S O C R A T E.

Il faut lui pardonner comme je lui pardonne,
C'eſt un ordre ſacré que ma bouche te donne ;
Ma fille, voudrais-tu, pour la premiere fois,
Rebuter ma priere, & mépriſer ma voix ?
Mais non, tu rempliras cet eſpoir qui me flate.
Et pourquoi ſerais-tu la fille de Socrate,
Si ce n'eſt pour montrer au monde corrompu,
Sur les cœurs généreux ce que peut la vertu ?
Contractez devant moi cette heureuſe alliance ;
Que j'emporte en mourant cette douce eſpérance.

Il leur fait toucher la main.

Rien ne m'arrête plus, mes vœux ſont ſatisfaits.

A G L A É.

Vous allez donc mourir, je vous perds pour jamais.

SOCRATE.

Il le faut.

Il veut prendre la coupe.

AGLAÉ *lui retenant le bras avec précipitation.*

Un inftant, un feul inftant encore.

Tu m'abandonnes donc, Dieu puiffant que j'implore !

SOCRATE.

Ma fille, tu devais épargner à tes yeux
Un fpectacle cruel qui n'eft pas fait pour eux.
Cependant......

AGLAÉ.

Je fçais trop ce que vous m'allez dire.
Hélas ! c'eft enfoncer le trait qui me déchire ;
C'eft remuer encor le poignard dans mon cœur.
Il le faut, je le vois. Mais puis-je fans horreur
Me dire que de vous je ferai féparée ?
Non, mon père, & vouloir à mon ame égarée
Montrer que votre mort ne peut fe reculer,
C'eft avancer la mienne, & non me confoler.

SOCRATE.

Moi-même, fans frémir, je ne fçaurais l'entendre.
Eh bien, prends le parti qu'il aurait fallu pren-
dre.
Ma fille, éloigne-toi de ces funeftes lieux ;
Que mes derniers momens ne fouillent point tes
yeux.

Crois-moi , fuis les confeils d'un pere qui t'en
　　preffe.
Tu n'as que trop prouvé ta louable tendreffe.

A G L A É.

Moi vous abandonner quand vous m'allez quit-
　　ter !
De ce peu de momens qui vous peuvent refter ,
Mon pere , vous voulez m'ôter la jouiffance !

S O C R A T E.

Caches donc tes foupirs , & fais-toi violence.

A G L A É.

Eh bien, puifqu'il le faut, je retiendrai mes pleurs,
J'impoferai filence à mes juftes douleurs.
Mais dans le défefpoir où mon ame fe livre ,
Laiffez-moi fouhaiter de ne pas vous furvivre.
O mort ! entends mes cris. Jour affreux que je
　　hais ,
Puiffent mes triftes yeux ne te revoir jamais !

Elle fe laiffe tomber fur un fiège.

C R I T O N *fe couvrant le vifage.*

Non , je ne puis tenir à ce fpectacle horrible.

S O C R A T E.

Que vous livrez d'affauts à mon cœur trop fen-
　　fible !

Eh quoi, Criton , auffi tu pleures , tu gémis !
Montre-toi digne au moins de devenir mon fils.

Il prend la coupe.

O toi ! Dieu tout-puiffant , éternelle Sageffe ,
Être incompréhenfible à l'humaine faibleffe ,
Dont tout l'univers parle à mon cœur étonné ,
Je remets en tes mains ce que tu m'as donné.
Des ennemis cruels m'arrachent la lumière ;
Pardonne-leur le mal qu'ils ont voulu me faire.
De leur funefte erreur ta main peut les tirer ,
Et pour prix de ma mort daigne les éclairer.
Jette un œil paternel fur ma trifte famille ;
Que ta bonté foutienne & confole ma fille ,
Et que jufqu'au moment de fe rejoindre à toi ,
Elle foit , s'il fe peut , plus heureufe que moi.

Il boit. Aglaé fait un gefte de défefpoir quand elle
lui voit rendre la coupe.

Socrate va vers Aglaé, qui , fans rien dire & fans
fe lever , lui baife la main en pleurant.

Eh quoi ! le défefpoir eft peint fur ton vifage.
Pour foutenir le mien rappelle ton courage :
Songe au Dieu bienfaifant que je viens d'invo-
    quer :
Compte fur fon fecours, qui ne peut te manquer:
Il parlera lui-même à ton ame affermie.

A G L A É.

Le fecours qu'il me doit c'eft de finir ma vie ,
De me débarraſſer de mes funeſtes jours.
Puiſſe-t-il à l'inſtant en terminer le cours !

S O C R A T E.

Quoi ! tu veux renoncer à prendre ma défenſe,
Et laiſſer fans appui gémir mon innocence.
Pour la faire connaître il faut la publier.
Daigne donc vivre au moins pour me juſtifier.

A G L A É.

Hélas ! qu'eft-il befoin que l'on vous juſtifie ?
Toute la Ville en pleurs fait votre apologie.
Les traîtres dont la voix ordonne le forfait ,
Les lâches dont la crainte étouffe le regret ,
Tous , même en le fervant , déteſtent le cou-
  pable.

S O C R A T E.

Eh bien , vis pour jouir d'un triomphe hono-
  rable.
Vis pour voir tout ce peuple un jour défabufé,
Pleurer un innocent fauſſement accufé.
Ils viendront fur ma tombe honorer ma mé-
  moire.
Ma chere fille , alors partagera ma gloire ,

En voyant les honneurs à fon pere adreffés,
Peut-être elle oubliera.....

AGLAÉ.

Grand Dieu, vous pâliffés !

Elle fe leve avec précipitation. Criton & elle fou-
tiennent Socrate qui s'affaiblit.

SOCRATE.

Oui, la mort par degrés fe gliffe dans mes veines,
Et le nuage épais qui me couvre les yeux
Me laiffe à peine encor vous diftinguer tous deux.
Approchez, mes enfans, embraffez votre pere.

A Aglaé.

Aide aux mains de Criton à fermer ma paupiere.
Adieu. Mon fils, ma fille, aimez-vous tous les
    deux,
Regrétez-moi toujours, & foyez vertueux.

Fin du cinquième & dernier Acte.

AVIS DE L'IMPRIMEUR.

LEs fautes que l'on indique ici font effentielles, fur-tout celles des pages 38, 48 & 58 : Elles changent le fens des vers. On prie les Lecteurs de les corriger eux-mêmes foigneufement, fans quoi les morceaux où elles fe trouvent leur paraîtront inintelligibles.

ERRATA.

Page 24, *vers* 2 , qui vous rendraient, *lifez* qui vous rendrait.

Même page, *vers* 5 , dites, *lifez* parlez.

Page 32, *vers* 8 , expirante ; *lifez* expirante , .

Page 34, *au-lieu des vers* 5 & 6 , *lifez :*

Par tous les Citoyens eft-il donc condamné ?

D'Athènes toute entiere eft-il abandonné ?

Page 38 , *vers* 15 , qu'il le livre, *lifez* qu'il fe livre.

Page 48 , *vers* 21 , l'on s'expofe, *lifez* l'un s'expofe.

Page 49 , *vers* 5 , que ta valu, *lifez* que t'a valu.

Page 58 , *vers* 15 , il le laiffe frapper , *lifez* il fe laiffe frapper.

Page 60, *vers* 8 , Veux-tu, *lifez* Peux-tu.